君に永遠の愛を 2

井上美珠

Miju Inoue

EB

エタニティ文庫

目次

君に永遠の愛を2

1

――もう絶対にこの手を離さない。


米田侑依《よねだゆい》は、ある取引先のパーティーで、誰もが見とれる素敵な人――西塔冬季《さいとうふゆき》と出会った。

お互いが一目で恋に落ち、出会って半年後には結婚。

大好きな人との生活に、迷いも不安もなかった。

その時の侑依は、たとえ何があってもずっと彼の傍にいると信じていた。

――だからまさか、たった半年で離婚することになるなど思いもしなかった。

若くして大企業の顧問弁護士を務める冬季は、端整な容姿もあって非常にモテる。

それは、結婚する前からわかっていたことだけれど、彼の周りにいる女性たちを見るたびに、侑依は気が気じゃなかった。

どんなに冬季のことを信じていても、彼が好きだからこそ耐えられなくなってしまった。

ずっと傍にいるという約束を、守れなくなるほどに――

けれど彼は、離婚した後も度々侑依に会いに来て、真摯《しんし》な言葉で変わらない気持ちを伝えてくれた。

好きだ、愛している――

そう言われるたびに、もう離婚しているのだから、と意地を張る頑《かたく》なな心が解けていく。

当然だ。自分だってまだ彼を愛しているのだから。

もちろん侑依の中で、冬季を傷付けてしまった後悔と反省は消えない。

それでも、お互いの中に唯一無二の変わらぬ思いがあるのなら……

自分の心に素直になって、もう一度、彼と一緒に生きて行こうと決めた。

そのために解決しなければならないことはたくさんあるけれど、冬季とならどんなことでも乗り越えていける。そんな風に思えるようになった。

そうして侑依は、冬季に乞《こ》われるまま再び彼と一緒に暮らし始めるのだった。

＊＊＊

侑依は、現在住むアパートから冬季のマンションへ引っ越すため、荷物の整理をしていた。

引っ越しの業者が来るのはもう明後日《あさって》だ。

今住んでいるアパートは、あらかじめ一定期間賃貸契約をすることで家賃が安くなっていた。

まだ契約期間が残っている状態で引っ越す場合、当然、違約金が発生する。

それもあって、すぐに一緒に暮らそうと言ってくれた冬季に、頷くことができなかったのだ。

彼は、アパートの契約は自分がどうにでもしてやると言ってくれたが、まさか本当になんとかなるとは思っていなかった。

彼が不動産会社とどんな交渉をしたのかわからないが、結果的に違約金は発生せず、ハウスクリーニングとカギの交換費用で済んだ。

どうして違約金を支払わなくて済んだのか冬季に尋ねると、彼はなんでもないことのように答えた。

『重要事項説明書と賃貸契約書に記載されていたことが曖昧《あいまい》だった。違約金の支払い義務があるとも明記されていなかったしね。それに、君は契約時に特約の説明をされていなかったように思う。サインがない書類があった。……侑依、いくら敷金礼金がタダだとしても、あんなずさんな契約をしている業者を選ぶなんて、ちょっとどうかと思うぞ』

心底呆れた様子で言われて、侑依は思わず頬を膨らませた。

あまりにストレートすぎる彼の言葉に、ちょっとした口論になる。

『急いで住む場所を確保する必要があったんだから、しょうがないでしょう！』

『君がつまらない意地を張るからこうなる』

冬季の言葉を思い出すとムカッとするけれど、彼の言うことはいつも正しくて侑依はぐうの音《ね》も出ない。

黙り込む侑依を見て、彼はほら見ろとばかりに不敵に微笑むのだ。

そんな冬季に悔しさを覚えつつも、どんな顔をしてもイイ男はカッコイイ、と思ってしまうのだからどうしようもない。

侑依はため息をついて、テレビや冷蔵庫といった家財道具に目をやる。

冬季と離婚してから新しく揃えたものだが、これらをどうするか頭を悩ませていた。

「向こうには、去年新調した大きな冷蔵庫があるし、こんな小さいテーブルなんか必要ないくらい立派なテーブルもある。本当は床に座るのが好きだけど、あの部屋に座布団は似合わないし……どうしようかな」

とりあえず、必要ないものは処分しなければ、とキッチンの小さな冷蔵庫を見る。

しかし、限られた予算の中で、かなり吟味《ぎんみ》して購入しただけに、処分するには思い切りがいった。

「あの時は、とにかく冬季さんから早く離れようと必死だったし……生活を立て直すまで、結構大変だったんだよね」

狭いワンルームを見渡して、侑依は半年ほど前のことを思い出す。

離婚届を出した後、何も考えずに家を出てしまい、しばらくはネットカフェにいた。

それからどうにか自分の条件に合うアパートを探し出し、保証人になってもらうため両親に頭を下げに行ったのだ。

そこで冬季と離婚したことを伝えると、呆れられ怒られ勝手にしろと突き放された。

なんとかアパートの保証人にはなってもらえたが、あれ以降、両親とは疎遠になっている。

父には、もう家に帰って来るなと言われた。

「お父さん、怒ると怖いからな……。これも、冬季さんと復縁するためには解決しなきゃいけない問題だよね……」

これから先のことを考えると、気が重くなる。

冬季と復縁を約束したけれど、そのためには考えること、やるべきことがたくさんある。そして、それと同じくらい問題もたくさんあった。

自分が招いたこととはいえ、離婚が周囲に与える影響を改めて思い知る。

侑依はバカなことをした。誰より大切な人を傷付け、たくさんの人に迷惑をかけた。だけど、彼と離れたからこそ、気付けたことも確かにある。

どんなにすれ違っても、自分にとって、冬季が誰より大切だとわかったのだから。

だから侑依は、もう一度、彼といることを選べた。

やることも問題もたくさんあるけれど、再び彼と一緒にいるために、きちんとそれらを乗り越えていかなければならないのだ。

侑依は気持ちを切り替えるために大きく深呼吸して、引っ越し作業を再開した。

服は全て段ボールの中に片付けたので、あとは持って行ってもらうだけだ。

もともと持ってきたものは少なかったし、ものも増やさなかったので、引っ越しといっても荷物は最低限しかない。

そこでふと、彼と結婚した時のことを思い出す。

冬季は侑依にプロポーズをした直後、今の広いマンションを購入した。事前に何の相談もなかったので、本当にびっくりした。

いくら結婚するからって新しく購入しなくても……と、当時は面食らったものだ。

「でも、それだけ私との結婚を、真剣に考えてくれていたってことだよね」

引っ越した当初は、こんなに贅沢《ぜいたく》でいいのだろうかと思った。

でも、キッチンの広さや部屋の間取りなど、侑依が居心地よく過ごせるよう細部まで考えられたものだった。

あんなに忙しい人が、二人で暮らすためにいろいろと考えてくれていたのだと思うと、堪《たま》らなく嬉しかったのを覚えている。

「……はぁ、ヤバいな、思い出しただけでもドキドキする」

冬季の愛情深さは、結婚していた時より今の方がよくわかる。

不器用で言葉が足りないながらも、彼なりにきちんと侑依と向き合い、大事にしてくれる。

侑依は目を閉じ、肩で大きく呼吸をした。

大好きな人が、自分を好きだと言ってくれる。

この奇跡のような幸せを、もう二度と手放してはいけない。

「冬季さん、大好き」

離れた後も変わることのなかった気持ちを、そっとつぶやく。

侑依がやってしまったことは消えないけれど、もう一度二人の未来を取り戻すために、冬季への愛を心に深く誓うのだった。

＊　＊　＊

引っ越しは自分も手伝うと冬季から言われ、彼が休みの土曜日にマンションへ荷物を運んだ。

「思っていたよりも少ないな」

荷解きをしていた冬季が、侑依の荷物を見回して言った。

マンションには寝室の他に三つの部屋とやや広めの書斎がある。

以前は、三つある部屋の一つを侑依が使い、書斎を冬季が使っていた。とりあえず、前に使っていた部屋に荷物を運び込んだところだ。

ちなみに残り二つの部屋は、一つには来客用としてマットレスを置いてあるが、どちらもほぼ遊ばせたままになっている。

「電化製品はほとんど処分してきたしね。あまりものを増やさなかったっていうのもあるけど」

一年の間に、引っ越しを三回した。

一回目は結婚した時、二回目は離婚した時、そして今回が三回目だ。これだけやれば、自然と荷物は整理されるし、本当に必要なものだけになってくる。

「このテレビは部屋に置くのか?」

ほとんどの家電は処分したが、テレビだけは持ってきた。小さいテレビだが、あのアパートでは充分なサイズだったし、なんとなく捨てるのは忍びなかったのだ。

「一人で観るなら、それくらいがちょうどいいから」

「一緒に観ないのか?」

マンションの居間には六十五インチの大きなテレビが置いてある。

初めて見た時は、あまりの大きさに目を丸くしたものだが、今となってはすっかり見慣れてしまった。むしろ、他のテレビを見ると小さいと思ってしまうくらい。

慣れとは怖いものだ。

「冬季さんが観たい番組と、私の観たい番組が別な時もあるでしょう? 結婚してた頃に、そういうことあったし」

　冬季はそこで瞬《まばた》きをして、ため息をついた。

「観たい番組があるなら言えばよかったんだ」

「でも冬季さんは、意味もなく観ていた番組ってなかったでしょう？　なのにチャンネルを変えて、なんて言えないし。でも今度は、私が部屋に行くから大丈夫」

　侑依は小さなテレビ台にテレビを置くと、電源とアンテナケーブルを繋《つな》いだ。

　それから一緒に持ってきたブルーレイレコーダーの配線を始めるが、わからなくなって首を傾《かし》げる。

「侑依、テレビアンテナの繋《つな》ぎ方はそうじゃない」

　侑依の横に座った冬季は、慣れた様子でさっさと配線を済ませてしまう。

　そうして彼は、隣に座った侑依をジッと見て口を開いた。

「観たい番組があるなら、これからは言ってくれ。それですれ違いになったりしたら困る」

　そう言って、彼は近くにあった段ボールのガムテープを外した。

　中身を確認して、黙々と取り出し始める。

「……困る、って……そんなこと……」

　こういうところが、彼は本当に不器用だと思う。

侑依は観たいテレビ番組がかち合ったくらいで怒ったりしない。

大体、観たいテレビ番組は、ちゃんと録画していた。リアルタイムで観たい番組もたまにはあったけど、冬季の観る番組が嫌だったことはない。

「誤解させたなら、違うからね、冬季さん。テレビのチャンネルがかち合うことくらい、なんでもないから。ただ、もし観たい番組がかち合っても、これからは部屋で観られると思っただけで。他意はないの」

侑依がそう言うと、冬季は静かに首を横に振った。

「わかってるさ。自分でも、こんな細《こま》かいことを気にする必要はないと頭ではわかっている。けど……僕は、もう君にあんな風に泣かれたくはないし、二度と手を離したくもない」

かつて、子供みたいにボロボロ泣いて彼に離婚を迫った侑依。

なんで、あんなことをしてしまったんだろう――本当に後悔することばかりだ。

侑依は、彼の心に消えない傷を残してしまった。

「もう、離れないよ」

大切な人を傷付けてしまった自分は、一生をかけてでもその傷を癒《い》やしていきたいと思う。

今度こそ、何があっても二度と冬季から離れない。

「本当に？」

侑依の頬に大きな手が伸ばされる。

頬を包む温かさに頬ずりし、冬季を見つめて微笑んだ。

「約束したじゃない。今度こそ、どんなことがあっても、冬季さんの傍を離れないって」

「……侑依」

彼が顔を近づけてくるのを見て、侑依はそれを受け止める。

優しく重なった唇は、ゆっくりと侑依のそれを啄《ついば》んで離れた。後には、冬季の唇の柔らかな感触だけが残る。

「片付け、しないとね」

「そうだな」

少し俯《うつむ》いた侑依の頬を、彼がそっと親指で撫でてくる。

「片付け、終わらないから……」

「わかっているけど、離れがたいんだ。侑依はわかってて、いつも焦《じ》らすんだろう？」

「だって、ここでしちゃったら、時間食っちゃうじゃない」

彼の温もりから離れると、侑依は段ボール箱に入った荷物を取り出す。

箱の中身は、小説と料理の本、それから文具類だ。

以前使っていた木製の簡易机に置くと、後ろから抱きしめられる。

「この机、捨てないでいてくれてありがとう」

ここに忘れ物はもうないと思っていた。彼もまた、もう忘れ物はないと言っていたのに……

家を出る時、処分をお願いしたこの机を、彼は捨てずにいてくれた。

取っておいてくれた冬季の気持ちを考える。もしかしたら、彼は最初から侑依と復縁することを、考えていたのかもしれない。

「君が帰ってくると思っていたから」

「本当に？」

「ああ」

彼が侑依の心を信じ、変わらぬ愛情を向けてくれたから、今こうして、侑依はこの場所に戻ってくることができたのだ。

「冬季さんの思いの深さには負けちゃう。……こんな風に愛されたら、私……もう冬季さんから離れられないよ」

「我ながらなんでこんなに、と思うよ。だけど、君ほど僕の心を動かす人間はいない。

愛しているんだ、侑依」

そう言って抱きしめる腕に力を込めてくる。

侑依はその手に自分の手を重ねた。

「こんなことしてたら、今日中に片付け終わらないよ」

「ずっとここにいるなら、明日でもいいだろう？」

それもそうだ、と侑依は背後にいる彼を見る。

「でもここには……ソファーもベッドもないけど？」

侑依がそう言うと、彼は抱きしめていた腕を解き侑依の手を取った。

「じゃあ、ベッドに行こう」

クッと手を軽く引っ張られただけで、侑依は彼の方へと引き寄せられてしまう。

手を引かれて寝室へ行き、抱き上げられてベッドに横たえられた。

冬季はすぐに侑依の脚を広げながら組み敷いてきて、ブラウスのボタンを外し始める。

剥《む》き出しにした肩に触れ、背中に手を回してブラジャーのホックを外した。

「ゴムある？」

「一応」

そう言って手早く侑依の穿いているパンツを脱がし、ショーツへ手をかけてくる。

「一応、って……ちゃんと避妊するよね？」

「君の中に生で入れると気持ちいいから、どうしようか」

侑依を見つめて微笑んだ彼は、自分のパンツのボタンを外し、ジッパーを下げた。そして、シャツのボタンを外していく。

「して、ゴム」

シャツを脱いだ彼は、はぁ、とため息をついて侑依を見下ろす。

「わかった」

彼の唇が近づき、侑依は唇を開いて彼の舌を迎え入れた。

「……っは」

彼の大きな手が胸を揉《も》み上げてくる。もう片方の手は脚の付け根に伸ばされ、侑依の秘めた部分に指を這《は》わせてきた。

侑依の中から蜜が溢《あふ》れてくるのを感じる。

隙間を撫でていた指が、その少し上にある尖った部分に触れた。と思った次の瞬間、きゅっと摘《つ》ままれる。

「あっ……ん」

侑依が堪《たま》らず腰を揺らした時、どこかでスマホの着信音が聞こえた。

けたたましい音で、リリリリリン、と音を立てている。

冬季はハッとしたように一瞬動きを止めた。けれど、すぐに何事もなかったみたいに侑依の中に指を一本入れてくる。

「冬季、さ……電話、鳴ってる」

「ああ」

先ほどから、スマホの着信音がまったく途切れない。さすがに、こうもずっと鳴り響いていると、気になってくる。

「ね、冬季さん？」

濡《ぬ》れた音を立てて、彼の指が侑依の中を出入りしていた。その間も、着信音は一向に鳴りやまない。

侑依は彼の指の動きに腰を揺らしながらも、心配になってくる。

以前も、土曜日に電話がかかってくることがあったが、大抵は仕事関係のものだった。彼は弁護士なので、休日だろうと関係なく電話がかかってくることがある。

「仕事、じゃないの？」

冬季は指の動きを止め、ふぅ、と息を吐いた。そしてゆっくりと、侑依の隙間から指を引き抜く。

「うるさい電話だ」

彼は渋々ベッドから下り、ティッシュで指を拭《ふ》きながら寝室を出て行った。聞こえてくる声から、やっぱり電話の内容は仕事関係だとわかる。

侑依はため息をついて起き上がり、ブラのホックを直してブラウスのボタンを留めていく。そして、片足に引っかかったままのショーツを引き上げた。

すると、明らかに濡《ぬ》れているソコから、小さな水音を立てて蜜が垂れてくる。

「あ……もう……」

侑依はティッシュを数枚引き抜き、自分の脚の間に当てた。その時、物音が聞こえて寝室のドアを見る。そこには、入り口に寄りかかるようにして冬季が立っていた。

「すごく残念だよ、侑依……そんなエロい君を見て、続きがしたくて堪《たま》らないというのに、僕は仕事になった」

「……そう……」

濡《ぬ》れた隙間をティッシュで拭《ふ》いてショーツを上げる。彼を見ると大きなため息をつかれた。

「君を抱くのは二週間ぶりだったのに……仕事だなんてツイてない」

そう言って冬季は、寝室のクローゼットを開ける。そして着ていたシャツを脱ぎ、スーツへ着替え始めた。

彼の身体は相変わらずスタイルがよかった。しかし彼の下半身は、服の上からでもわかるくらい反応している。

「先にトイレに行った方がいいかもよ」

「侑依が抜いてくれたら、そんなことしなくていいんだが？」

ネクタイを結ぶ彼を見つめていた侑依は、おもむろにベッドから下りた。

彼の前に立つと、冬季のベルトを引っ張る。

「……ベッドに座って冬季さん」

一瞬驚いた顔をした彼は、すぐにフッと笑って素直にベッドに座った。

「久しぶりだな、侑依にしてもらうの」

「仕事行かなきゃいけないんでしょ？」

侑依は床に膝をつき彼のベルトを外す。

どこか嬉しそうな彼を見上げて、躊躇《ためら》いながらもスラックスのボタンを外した。

「しばらくしてないから、期待しないでね」

「ああ」

我ながら、どうしてコレをする気になったのか不思議に思う。冬季にしかしたことはないが、最初はすごく抵抗があった。

でも、彼がこのまま仕事に行くのは、いろいろと障《さわ》りがあるから仕方がないのだ。

そう自分を納得させて、侑依はゆっくりスラックスのジッパーを下げる。すると、先ほどよりさらに興奮した彼のモノが目に飛び込んできた。

下着をずらしただけで飛び出てくるそれを、侑依はそっと指先で撫でる。もう片方の手でティッシュを取って準備していると掠《かす》れた声で名を呼ばれた。

「侑依」

行為を促《うなが》すように、彼の大きな手が侑依の頬を撫でる。

侑依は唇を開き、彼の先端を軽く食《は》む。それから舌で側面を撫でながら、口腔《こうこう》へ迎え入れた。

「……っ」

小さく漏《も》れた吐息。口の中で冬季のモノが質量を増した気がした。

侑依は、歯を立てないように気を付けながら緩《ゆる》やかに唇を動かす。硬度が増すとともに、はっきりと感じ入っている冬季の息遣いを感じる。

侑依は舌と唇で彼のモノを愛撫《あいぶ》しつつ、冬季の脚の付け根を撫でた。

彼は片方の手で侑依の頬を撫で、もう一方の手を髪の中に入れてくる。

「上手《うま》く、なったな」

そんなことを、色っぽい声で言われて嬉しくなる。

初めて彼のを口でした時は、かなりたどたどしかったと思う。けれど彼は、気持ちいいと言ってくれた。見ているだけで興奮すると。

侑依は、もっと彼に気持ちよくなってもらいたくなった。だから、本やネットで調べて、少しずつ舌の動きを大胆にしていき、今に至る。

上手《うま》くなったかどうか自分ではわからないが、彼がそう言うのならよかったと思う。

裏筋を舐《な》め上げ、先端を吸ってもう一度唇の中に迎え入れると、冬季の腹筋が締まったのがわかった。

見上げると、気持ちよさそうな表情の冬季がいた。

目を閉じ、少しだけ呼吸が速くなり、侑依の頭を引き寄せてくる。

……侑依の唇で感じる冬季を見るのは、かなりの眼福。

眉を寄せた彼は、「はっ」と息を吐き、侑依の髪に指を絡《から》めた。

「もう、イク……っ」

切羽詰《せっぱつ》まったような冬季と目が合う。その表情を見ただけで、侑依の下腹部が疼《うず》いた。

彼と繋《つな》がりたいという強い欲望が、侑依の中で渦巻き始める。けれど、それは叶わないのだと思うと、つい彼のモノに少しだけ歯を立ててしまった。

「侑依っ」

それが刺激になったようで、髪を掴《つか》む彼の手に力が入る。

侑依は冬季のモノから唇を離し、ティッシュを被せて指で擦った。

「……っ」

低く呻《うめ》いた彼は自身を解放し、欲を吐き出した。

はぁ、と色っぽく息を吐きながら冬季が髪を掻き上げる。

「……歯を、立てるな」

そう言って見つめてくる視線に、侑依の中がキュッと疼《うず》く。

そして、自分でも濡《ぬ》れてきたのがわかった。

「まだ、硬い」

彼のモノに触れ、上下に扱《しご》く。

「イッたばかりだからな……」

触れたからか、冬季自身が再び芯を持ち始める。それを見て、侑依の方が堪《たま》らなくなった。

ベッドサイドの棚から避妊具を取り出し、無言でショーツを脱ぎ捨て彼の身体に乗り上げる。

「ちょっ……侑依……っ！」

冬季のモノを手で支えながら避妊具を被せ、自分の中に入れていく。

彼は唇を微かに開き、小さく声を上げた。

「仕事だと、言った……っ」

眉を寄せ快感に耐える顔が、侑依の目に映る。それが酷く官能的で、侑依の中が無意識に締まる。

お腹の奥でぐっと質量を増していく冬季に、彼も感じているのだと伝わってきた。

「だって、私が……堪《たま》らなくなっちゃった、から」

はぁ、と熱い息を吐いた彼が、腕時計を見た。

グッと眉を寄せた後、冬季が侑依の身体を強く抱きしめてくる。

「この……魔女が……」

そう言うなり、髪を強く引っ張られ噛みつくようなキスをされた。そのまま、ベッドへ押し倒される。

「着替え確定じゃないかっ」

彼は侑依の腰を両手で掴《つか》み、激しく身体を揺さぶり始めた。

「ごめんなさ……っあ！」

「ったく、君は……っ」

まだ少し時間があると言った彼に、本当はもっともっと愛して欲しいと口に出せない思いを抱いた。

悪いと思いながらも、自分にしか見せない余裕のない冬季に、幸せな気持ちでいっぱいになる。

気持ちよくて、イキそうで。

短い時間の中、侑依は冬季と濃厚に愛し合うのだった。

2

「引っ越しは済んだのか？」

月曜日。出勤した侑依が事務所の机にバッグを置いたところで、坂峰優大《さかみねゆうだい》が声をかけてくる。

侑依の勤める坂峰製作所は、小さな町工場《まちこうば》ながら高い技術力を武器に、国内外の幅広い企業と取引のある会社だった。

優大はその社長の息子である。

彼は侑依より早く出勤しており、出勤簿に判を押していた。

優大とは、入社当時こそいろいろ対立もしたが、今では気心の知れたよき友人、よき同僚といった関係を築いている。

侑依の離婚理由を知っている彼には、なんだかんだと心配や迷惑をかけているので、頭が上がらない。

口の悪いところもあるが、優大は大人で口が堅く、名前の通り優しい人だった。

バカみたいな理由で離婚した侑依を責めることはないが、チクチクと正論を言ってくるところにも、実は感謝していた。

「おかげ様で。まだ全部は片付いてないけどね」

「まぁ、引っ越しも三回目となると、いらないものが無くなってて早いだろうしな」

思わず言葉を詰まらせる侑依に、優大がフッと笑った。

「引っ越し好きだな、お前」

さらにグッとなり、侑依は彼を軽く睨《にら》んだ。

「事実だろ」

「……そうね、そうだわ」

引っ越しが好きなわけではないが、回数だけなら確かに引っ越し魔とそう変わらないだろう。

「でもね、引っ越しはこれで最後だから。もう大丈夫」

「そうか」

優大はそれだけ言うと、笑って侑依の頭をポンポンと叩いた。

「いろいろ整理できてよかったな。ちゃんと幸せになれよ、侑依」

彼には、ずっと心配をかけていたと思う。結婚する時も、離婚する時も。

最初は反発し合って仲良くなかった彼が、まさかこんなにも自分にとって大きな存在になるとは思わなかった。

男だけど親友のような、そんな相手だと思っている。

さりげなく人を気遣える彼は、きっといろいろなタイミングを見計らって見守ったり、話しかけたりしてくれていたのだろう。

本当に彼には頭が上がらない、と侑依は心が温かくなるのを感じた。

「今度こそ、ちゃんと幸せになる。……いつもありがとう、優大」

「はいはい」

優大はそうおざなりな返事をして、席を立った。

「もう、何、その言い方」

「お前に説教垂れるのは、もう御免《ごめん》だからな」

彼はそう言って、侑依の頭を再度ポンポンと叩き、事務所を出て行った。

その背を見送り、侑依はパソコンを起動させる。

そして思い出すのは今朝のこと。

土曜日に仕事で呼び出された冬季は、日曜日も仕事だった。夜遅くに帰ってきた彼は、疲れていたのかベッドに入るなり撃沈。

相変わらず忙しい人だと思いながら、侑依も彼の隣で眠った。

そして今朝。目覚めた侑依の目の前に、珍しくまだ眠っている彼がいた。

ああ、また冬季と一緒に住み始めたのだ、と深い感慨とともに彼の寝顔を見つめていると、冬季が目を覚ました。

まどろみの中、侑依を見てほんの少し微笑んだ彼の髪に、自然と手を伸ばす。

そうすると冬季はじっとこちらを見つめたまま口を開いた。

『朝の習慣が復活するのか？』

その言葉にドキッとする。

結婚していた時、侑依は朝一番に彼の髪に触れていた。

彼の髪は癖がなく、手櫛《てぐし》で整えるだけで綺麗にまとまる。それを羨《うらや》ましく思いながら、毎日冬季の髪の毛を手で梳《す》いていたのだ。

それをすると髪をセットしやすいようで、彼の方から今日はしないのかと聞いてくるようになった。

それからずっと、侑依は朝起きて最初に冬季の髪の毛を手で梳《す》くのを日課としていたのだ。

侑依の手に自分の手を添えた冬季が、目を細めて『続けてくれ』と言った。

その表情がなんとも言えず優しく色っぽくて、侑依はドキドキしながら彼の髪の毛を梳《す》いた。

好きな人と暮らす日常が戻ってきたのを実感した。

毎朝、彼の髪の毛に触れるという特別なコミュニケーションは、侑依だけのものだ。

何気ないこの時間が、胸がくすぐったくなるほど幸せなのだと知った。

なんで顔を赤くしているのかと聞かれて、素直にドキドキするからだと伝えたら、朝から濃厚なキスをされて大変だったが。

「はぁ……」

これからはまた、あの朝を彼と迎えられるのだ。

そう思うと、嬉しい気持ちが湧き上がってくる。この幸せのために、自分はもう迷ってはいけないと心から思った。

大好きな冬季と、もう一度ともに歩く。

侑依は彼との未来に思いを馳せ、胸がいっぱいになるのを感じるのだった。

＊＊＊

仕事を終えマンションに帰ると、侑依の携帯に冬季から帰りが遅くなると連絡が入っていた。

「冬季さん、やっぱり忙しいんだなぁ……」

復縁を約束してからは、時々彼のマンションに泊まるようになっていたが、夕飯を一緒に取れたのは数えるほどしかない。

「前に一緒に住んでいた時も、最初は寂しかったっけ」

——彼と一緒に住み始めたのは、入籍する少し前のこと。

引っ越した日は、熱い夜を過ごした。なのに、その翌日から帰りが遅くなり、ほとんどイチャイチャできなくなった。

もともと忙しい人だと知っていたけれど、同じ家にいて顔を見られないのはやっぱり寂しい。

侑依も女なので、好きな人には傍にいて欲しいとか、もっとラブラブしたいとか思っていたから、すれ違いの日々にシュンとした記憶がある。

しかし、彼の仕事が一段落すると、一緒に婚姻届を提出しに行き、甘い日々がしばらく続いた。

「あれは、冬季さんの事務所が新婚だからって、配慮してくれたのかも……」

今も変わらず冬季の帰りは遅いが、侑依が起きている時間には帰ってくるし、夜も普通に身体の関係を求められたりする。

それこそ、お互い夢中になりすぎて、翌日眠気を引きずって仕事をする羽目になるくらい。

「まぁ、でも、不思議と不安はなかったりするんだよね……」

意地を張ったせいで回り道をしたが、こうしてまた一緒に暮らしている。

だからなのか、寂しいのは寂しいが、不安を感じるほどではなかった。

今思えば、可愛くないことをたくさんしてしまったな、と反省するばかり。

もともと意地っ張りな性格だけど、あんなにも彼に意地を張ってしまったのは、もしかすると寂しさや不安の裏返しだったのかもしれない。

そんなことを考えながら、侑依は一人分の夕食を作り始めた。

手早くキノコたっぷりのクリームソースを作り、買ってきたニョッキをゆでる。

サラダはカップに入った出来合いのものを買ってきた。

簡単な夕食を済ませて、お風呂に入ることにする。

一人だと湯を張るのがもったいなく思えて、シャワーで軽く済ませた。髪の毛をタオルドライで乾かしつつ、リビングのソファーでボーッとする。

手持無沙汰《てもちぶさた》で、侑依はテレビのスイッチを入れた。

久しぶりに見る大画面テレビの迫力に、目がチカチカする。

「……優大も大画面のテレビを買ったって言ってたし、男の人は大きい方が好きなのか？」

侑依は、アパートから持ち込んだ小さいサイズのテレビがちょうどいいと思った。

適当にチャンネルを回しながら、しばらく大画面の映像を眺める。しかし、最近ほとんどテレビを見ていなかったせいか、何を見ても面白く感じない。

侑依はため息をついて、テレビを消した。そして、まだ濡《ぬ》れている髪の毛を乾かすために、ソファーから立ち上がる。

洗面台へ行ってから、自分のドライヤーを持ってくるのを忘れたと気付いた。引き返そうと思って、ふと広い鏡台の一角にドライヤーが置いてあるのが目に入る。

「これ、結婚した時に買った冬季さんのだ……お店で値段見たら意外と高くてびっくりしたっけ……でも風が心地よかったんだよねぇ……」

綺麗に片付けてあるドライヤーをじっと見て、少し考える。

そして侑依は、おもむろに冬季のドライヤーを手に取りスイッチを入れた。

「わ、やっぱり違う。凄くいい感じ」

風の当たりが柔らかいのに、きちんと乾くのがいい。侑依が持ってきたドライヤーは特売で買った安ものだ。髪さえ乾けばいいや、とリーズナブルなものを揃えたのだが。

「やっぱりお金をかけると、違うんだなぁ……」

しみじみとつぶやきながら、侑依は目を閉じて髪の毛を乾かす。

「お金をかければいいってもんじゃないだろう」

その時、後ろから声をかけられて、びっくりして目を開く。

振り返ると、スーツを着た冬季が洗面所の入り口に立っていた。彼は無言で、侑依に近づくとその手からドライヤーを奪う。

「乾かしてあげるよ」

「だ、大丈夫だから」

「君は、髪を乾かすのが下手《へた》だ」

ムッと、眉を寄せる侑依に構わず、冬季は温風を調節し侑依の髪を乾かし始める。

確かに彼は、侑依より髪の毛を乾かすのが上手だった。

初めて髪を乾かしてもらった時は、あまりの気持ちよさにうっとりしたものだ。

なのに、こういうことを異性にされたことがなかった侑依は、照れ臭さからつい生来の意地っ張りが顔を出し、もう絶対しないで、などと言ってしまった。

「今日はどうだった？」

「一日のこと？」

冬季に聞き返すと、鏡越しに頷くのが見えて、今日のことを思い返す。

「特に何もなかったよ？」

「坂峰が何か言ってこなかったか？」

ああ、と思って侑依は笑う。

「なんか、優大にはいつも心配かけてるみたい」

「……そうか。例えば？」

「うーん、まぁ、いろいろよ」

侑依がそう言って微笑むと、冬季がムッとした顔を向けてくる。

「相変わらず、坂峰と仲がいいな」

凄く表情が変わるとかではないけれど、侑依には彼が不機嫌になったのがわかった。

そんな冬季に、侑依はどこかホッとしたような、嬉しいような気持ちになる。

ああこの人は、私のことが本当に好きなんだ、と実感できるからだ。

冬季の気持ちを確かめようとして優大の名前を出したわけではなかったけれど、侑依は自然と微笑んでいた。

「仲いいよ。だって一緒に仕事をする仲間だしね。最初は衝突もしたけど、今はいろいろとわかり合える親友みたいなものだから」

「ああ、そう」

「またそんな素っ気ない返事……そっちこそ、千鶴《ちづる》さんと仲がいいじゃない。あんなに美人なのに、なんで彼女とくっつかなかったの？」

千鶴というのは、冬季が働く比嘉《ひが》法律事務所でパラリーガルをしている女性だ。

「大崎《おおさき》さんは同僚だろう」

硬い声で反論されたので、侑依も少し声を低くして言い返す。

「私だって同じだよ。優大は同僚だし、一度もそんなこと考えたことない」

侑依の髪に触れ、乾いたのを確かめると冬季はドライヤーのスイッチを切った。それを適当に洗面台に置くと、侑依の身体を自分の方へと向けさせる。

「本当に？」

冬季は侑依を腕の中に閉じ込めるように、両手を洗面台について身体を近づけてくる。

「もう、近いよ……そっちが勝手にそう思ってるだけでしょ？」

軽く冬季の肩を押すがびくともしない。離れる気はないということだろう。

「僕も、大崎さんと付き合おうとは一度も考えたことがない」

「じゃあ、それでいいじゃない。それとも、なんでもないのに嫉妬するほど、私のことが好きなわけ？」

侑依が冗談めかしてそう言うと、冬季はいたって真面目な顔で頷いた。

「ああ、そうだ。君のことが好きだから、坂峰の存在は目の上の瘤《こぶ》だね」

そのストレートすぎる言葉に、侑依は言葉が出なくなってしまう。

お互いに同じ気持ちだから、こうしてまた一緒に暮らし始めた。

だから、こんなことで動じる必要はないし、顔を赤くすることもない。

でも、侑依の心臓は苦しいくらいに高鳴り、顔が熱くなってくる。

冬季はいつもこうしてまっすぐに気持ちを伝えてきた。

こちらが冗談みたいに言っても、彼はそうじゃなくて……

真面目で硬い人。ストレートな物言いをするから誤解されることもあるけど、本当は優しくて思いやりのある人だ。

こんな素敵な人がモテないはずがない。きっと彼は、その整った容姿だけでなく、内面が素晴らしいからこそ、こんなにも人を惹きつけてしまうのだろう。

「私だって……冬季さんの周りにいる女の人は、いつだって目の上の瘤《こぶ》。でも、冬季さんが私だけを見てくれているって、ちゃんとわかってるから」

侑依は冬季の肩にそっと手を添えて、唇に触れるだけのキスをする。

そのまま彼の首に手を回し、抱きしめた。

「大好きよ、冬季さん。優大は友達で同僚。冬季さん以外に、私がこうする人はいないから」

彼が息を詰めたのがわかった。そして回した腕から、彼の体温が上がっていくのがわかる。

「本当に君は、いつも狡《ずる》い」

冬季は強く抱きしめ返した後、少し身体を離して侑依を洗面台に押し付ける。

瞬《まばた》きをして彼を見ると、彼の目は欲情の色を湛《たた》え、はっきりと侑依が欲しいと言っていた。

「僕は君に溺《おぼ》れ切ってるから、どんなことがあっても結局は許してしまうし、いつだって欲しくて堪《たま》らなくなる」

冬季は侑依の唇を親指で開かせ、最初から濃厚なキスを仕掛けてきた。

あっという間に舌を絡《から》め取られ、強く吸われる。濡《ぬ》れた水音が耳に届き、侑依の欲望が引き出された。

「んっ……んふ」

脇腹を撫でていた彼の手が、寝間着の下から入り込み素肌を撫でる。それだけで身体が震え、腰の辺りが疼《うず》いてしまう。

下衣にも手が滑り込んできて、ショーツの中を探られた。

「……っあ！」

自《みずか》ら唇を離し、侑依は声を出してしまう。

「濡《ぬ》れるのが早いな、侑依」

クスッと笑った彼を軽く睨《にら》んで、ベルトの下に軽く触れる。

「そっちこそ……っん！」

冬季の前もすでに大きく反応していた。彼は指で侑依の隙間を撫でながら、敏感な尖った部分を摘《つ》まんでくる。

「もう入れても支障なさそうだ」

「支障って……ゴム、ないでしょ？」

もう、と思うのはこういう時。

彼の言葉はストレートで、事務的で、だからこそムッとする。なのに、いつも冬季の言葉に感じてしまう侑依は、Mなのかもと思ってしまう。

　せっかくシャワーしたのに、と次第に大きくなる水音に息を詰める。これはもうショーツを替えないといけない、と思うくらい布地が濡《ぬ》れていた。

「ゴムは、ないな」

　そう言って冬季が侑依に、啄《ついば》むようなキスをする。

「君の中に何も着けずに入れるのが、恐ろしく気持ちがいいと離婚してわかった」

　彼は侑依の首筋にもキスをした。同時に、熱く蕩《とろ》けた隙間に指を一本入れてくる。

　思わず腰を揺らすと、耳元で彼が笑った。

「僕を待っているようだな、侑依」

「あ……だって、そんな風に触るから……っ」

　首に回した手が滑り落ち、彼のスーツの襟《えり》を掴《つか》む。

　冬季とは、行為の際はいつも避妊していた。

　侑依は彼と結婚した時、どうして避妊するのかと聞いたことがある。そうしたら、『まだ出会って短いから、もう少し二人でいたい』と言われた。

「まだ二人がいいんじゃないの？」

「もう、二人でも三人でもいいかと思って」

それは、これからの夫婦としての未来を考えているということだろうか。

「いいの？」

「君は今日、危険日だろう？　早く入れさせてくれ」

そう言って彼は、侑依の寝間着の下を脱がせた。

すっかり濡《ぬ》れてしまったショーツも一緒に下げる。少し足を浮かせて脱がせるのを手伝うと、そのまま腰を引き寄せられた。

彼がベルトを外し、スラックスの前を開く。

下着をずらすと反応しきった彼のモノが出てきた。

その大きさを見て、無意識に息を呑む。

冬季は位置を調整すると、一気に侑依の中へ自身を押し入れてきた。

「あっ……ぅ」

急な圧迫感に、息を詰める。

けれどすぐに馴染《なじ》むのがわかっているので、侑依はゆっくりと息を吐き出した。

「悪い、いきなりすぎたか？」

「……っん、だいじょう、ぶ」

彼を見上げると、とても気持ちよさそうな顔をしていた。

侑依を見る目が凄くセクシーで、何かに耐えるように眉を寄せるのが堪《たま》らなく腰にくる。

無意識に腰を揺らす侑依に、彼は吐息とともに微笑み、さらに身体を押し付けてきた。

「君の中、温かくて、狭くて……気持ちいい」

その言葉に身体の奥がキュッとなるのを感じた。

彼は小さく息を吐き出し、ゆっくりと律動を始める。

「これだと、すぐにイキそうだ……」

微かに笑って、彼は少しずつ動きを速くしていく。

「私も……冬季さん、帰ってこないから……ちょっと、寂しかった……」

心の中も、身体の中も、もっと冬季でいっぱいにしてほしい。

もう二度と、あんな馬鹿なことを考えないように、侑依の全てを愛して欲しかった。

「悪かった。でも、寂しかったのは僕も同じだ」

冬季は侑依を抱き上げ、洗面台に座らせる。

「あっ！」

彼のモノが抜けそうになったと思ったら、一気に最奥《さいおう》まで突き入れられた。

たちまち指先まで痺《しび》れるような快感が駆け巡《めぐ》る。

彼が動くたびに、洗面所に濡《ぬ》れた音が響く。

服の上から胸を揉《も》み上げていた彼は、焦《じ》れた様子で寝間着をたくし上げ直接肌に触れてくる。

「好きだ、侑依、愛してる」

そう言ってキスをしてくる。深いキスを受け入れながら、彼の大きなモノで身体の内側をいっぱいにされて、本当に堪《たま》らない。

でももっと満たして欲しいと思うのは、きっと侑依が欲張りだからだ。

「……っとうごいて」

もっと侑依に、冬季の熱を打ち付けてほしい。

後から思い出して凄く恥ずかしくなるだろうけれど、今はただ彼から与えられる快感に酔いしれていたかった。

彼を引き寄せるように、腰に脚を絡《から》ませる。

冬季との結合がより深くなって、侑依は快感に身体を震わせながら喘《あえ》ぎ声を上げた。

「言われなくても……っ」

彼はより動きを激しくし、侑依の中を愛する。

洗面台の鏡に背中がつくほど強く彼に覆《おお》いかぶさられた時、これ以上ないほど嬉しくて気持ちよかった。

再び冬季と一緒に住み始めてのセックス。

明日の仕事に響くと頭で思いながらも、侑依は彼の広い背中に手を回すのだった。

3

侑依が冬季と暮らし始めてそろそろ一ヶ月という頃。

いつも通り朝食の席についたところで、いきなり冬季から旅行に行こうと言われた。

「旅行に行かないか、侑依」

思わず聞き返すと、彼は首を傾《かし》げつつ同じ言葉を口にする。

「は？」

「旅行に行かないか、侑依」

こういう時、淡々と同じ内容を繰り返すところは相変わらずだ。

「なんでまた、急に？」

「まとまった休みが取れそうなんだ。二泊三日と言わず、三泊してもいいな。近場なら海外に行ってもいい」

冬季が朝食の卵焼きをテーブルに置き、侑依の前の席につく。

今日は彼が朝食を作ってくれたのだ。

薄切りの雑穀パンと焼いた厚切りハムが一枚、そして卵焼きとミニサラダ。

いつも彼は、パンの時も卵をスクランブルエッグではなく、卵焼きにする。

その理由は、ホテルのようなスクランブルエッグにできないから、ということらしい。

「そうなんだ……でも、急じゃない？　そんなにまとまった休みが取れるなんて」

卵焼きに箸《はし》を入れながら尋ねる。

「ちょうど、大きな仕事が一つ落ち着いたからな。仕事が一段落したら、まとまった休みを取るように言われているから」

「そうなのね、知らなかった」

「以前は、君とそういう話をあまりしなかったからね。話す時間もなかったし。でもこれからは、もっと自分のことを話すようにするよ」

そう言って静かにコーヒーを飲む彼を、新鮮な気持ちで見つめる。

確かに、以前一緒に住んでいた時は、彼と会社や仕事の話をほとんどしたことがなかった。弁護士という仕事柄、彼に話せないことが多いのはわかっている。

それでも、互いの休みや会社の諸事情については、もっと知っているべきだった。

結婚して半年も一緒に暮らしていたのに、お互いにまだ知らないことがたくさんある。

それを残念に思った。

「……うん。坂峰製作所ではね、納期が近い時以外だったら、自由に有休を取っていいの。夏休みとは別に、三日から四日くらいの連休を、年に二回取るように社長から言われてるんだ」

「そうか」

パンを頬張ると、冬季が笑いながら侑依の口元に手を伸ばし、パンくずを払ってくれる。

「もっと早く、いろいろ話していたらよかったな」

「そうね……もっと、話していたらよかったのに、しなかったね」

それどころか、短い結婚生活のほぼ半分を、ほとんど会話もなく過ごしていた。

本当に、なんてもったいないことをしたのだろう。

「これからは、もっとこうやって、いろんなことを話していきたいね。……さすがに、結婚も離婚も早すぎたし」

侑依が俯《うつむ》くと、冬季は伸ばした手で侑依の顎《あご》を持ち上げ、綺麗に微笑んだ。

「離婚は早すぎたが、結婚は早すぎたとは思わない」

そうして彼は、侑依の頬を一度撫でてから手を離す。

「今でも僕は、結婚はお互いにとっていいタイミングだったと思っている。好きな相手が傍にいるのは最高だと、侑依も思っていただろう?」

侑依は冬季の言葉に胸が熱くなった。

そうだ。確かにあの時、侑依もそう思った。

冬季がずっと傍にいる、ずっと一緒にいてくれる——

それが本当に幸せで嬉しくて、毎日結婚指輪を眺めて暮らした。

「そうね、そうだった」

再び自分の指に戻された結婚指輪を見て、侑依は微笑む。

「どこに行きたいか考えておいてくれ。新婚旅行では行けなかったから、海外に行くのもいいと思っている」

「海外かぁ……行ったことない」

「そうだったな」

新婚旅行の行き先について相談し合った時、外国へ行ったことがないと話したことがあった。

でも結局、新婚旅行は急遽決めた北海道となり、しかも大雪で身動きが取れなくなるという経験をした。

あれはあれで、とてもいい思い出だ。

思い出すと今でも顔が熱くなるほど、冬季と濃密に抱き合った時間だった。

「僕はどこでもいいんだが、温泉もいいな、と思ってる。君も行きたいところがあったら言ってくれ」

「温泉か……いいね。今はペンションでも温泉の付いているところがあるし……少しいい旅館だったら内風呂も付いてると思うし、いいかも」

すでに行くのが決まったみたいに話している。

こんなに幸せで本当にいいのかなと思うところはある。けれど、せっかく再び冬季と一緒に暮らし始めたのだから、少しくらい恋人らしいことをしてもいいだろう。

侑依は目の前の冬季に向かって微笑んだ。

「なんかもう、がぜん行く気になってきた……楽しみ！」

「当然、僕は旅行に行くつもりだ。きっと君より、僕の方が楽しみにしていると思う」

冬季はこうして、侑依の気分をよくしてくれる言葉を口にする。

生来の意地っ張りが顔を出し、素直に気持ちを口にするのを躊躇《ためら》ってしまうが、自分だって本当に凄く楽しみにしているのだ。いつだって上手《うま》く言えないのは自分の方。

だけど……

「うん、楽しみ」

侑依はそれだけ答える。抑えようとしても、どうにも顔が火照《ほて》ってくる。

大好きな人が、侑依と一緒に旅行をするのが楽しみだと言ってくれた。

その言葉に、心臓が高鳴るのを止められなかった。

＊　＊　＊

冬季から旅行に行こうと言われたものの、なかなか行き先が決めきれなかった。

あれからすでに四日ほど経つが、未だにまったく思いつかない。

海外にはとても惹かれるけど、侑依はそもそもパスポートを持っていなかった。そのため、申請するところから始めなければならない。

彼のまとまった休みが近々だとすると、間に合わない可能性がある。

それに何より、どこに行きたいか考えれば考えるほど、場所が絞れなくなってしまった。

「はぁ」

事務仕事の合間にため息をつく。危うく、数字の打ち込みを間違えそうになった。

まだ昼休みには早いが、気分転換をしようと給湯室へ向かった。

もう少ししたら社長の大輔《だいすけ》が銀行から帰ってくる。

それに合わせて、コーヒーメーカーにコーヒーをセットした。

一緒に、お昼に飲む従業員用のお茶も確認する。しかし、給湯室に置いてあるやかんの中身は、空《から》だった。

「あら……奥さんお茶沸かしてなかったんだ……って、今日は私だ。もう、上《うわ》の空で仕事してたの、バレバレっていうか……」

大輔の妻も事務員として坂峰製作所で働いている。

いつもは、侑依か奥さんかのどちらかが、コーヒーを淹《い》れたり、お茶を沸かしたりしているのだが、今日は奥さんも大輔と一緒に銀行へ行っていたのをすっかり忘れていた。外出する時に「お願いね」と、頼まれていたのを思い出し、侑依はもう何度目かわからないため息をつく。

急いでやかんに水を入れ火にかける。それから茶葉を用意して……と、給湯室と事務室を無駄にウロウロしてしまった。

なんとか昼休みに間に合って、従業員の休憩室へお茶の入ったやかんを持って行く。まだちょっと熱いかもしれないけど、勘弁してほしいと侑依は心の中で手を合わせた。

気持ちを切り替えて仕事に没頭していると、すっかりお昼を過ぎてしまった。

「侑依ちゃん、ご飯食べたのかい？」

銀行から帰ってきた大輔がのんびり聞いてきた。

「遅くなってごめんなさいね。銀行回りの後、出荷先の社長と会っていたから、思ったより時間かかっちゃって。午前中、ありがとうね」

大輔の妻からもねぎらわれて、いえいえ、と首を横に振る。

「大丈夫です。私もちょっと、考えごとしてて仕事が遅れちゃって。ご飯は今から」

「そうか。美味《おい》しいパンがあるんだけど、よかったら食べるかい？」

大輔がパンの入っている袋を差し出してくる。それを見て、侑依は笑みを浮かべた。

「いいんですか？　嬉しい、お腹減ってたんです！」

「それはよかった。ゆっくり食べておいで」

大輔と奥さんの二人は、事務所の奥にある来客用のソファーへ行き、何やら話をするようだった。

侑依はそれを見送った後、従業員の休憩室へ移動する。

空《あ》いている席に座り、大輔が買ってきてくれたパンを広げた。

いつもは朝のうちに、出前のお弁当を頼むのだが、今日はそれも忘れてしまったから正直とても助かった。

ありがたくカレーパンにかぶりつくと、作業着を着た優大が同じパンの袋を持って休憩室に入って来た。

「あれ、お前もメシまだだったの？」

「うん、ちょっと午前中ぼーっとしちゃってて……ごめん、やかんのお茶熱いかもしれない」

「まぁ、ちょっと熱いくらい、いいんじゃないか？　飲めるんだし」

そう言って、優大も空《あ》いた席に座り、袋の中からカレーパンを取り出しかぶりついた。

優大の言葉に、ちょっとだけ救われる。

「パン、同じもの買ってきてくれたのかな？」

「好みを全て知ってるわけじゃないし、無難なやつを買ってきたんじゃないか？　でも、ここのパン、どれも美味《うま》いよな」

「そうだね」

で、と首を傾《かし》げて優大が侑依を見た。

「ぼーっとしてたって、何、考えてたんだ」

「ん、大したことじゃないんだけど……」

すると、優大がはっと声を出して笑い、呆れた顔を向けてくる。

「その顔……西塔がらみか？」

「何、その言い方。……いいじゃない、また恋のやり直しをしているんだから」

そう、冬季と侑依は恋をやり直している最中だ。

出会って半年で結婚して、その半年後に別れてしまった。

冬季が言った通り、結婚が間違いだったとは思わない。互いが互いを求めていたのだから、一緒にいるのは必然だったと思う。

それでもやっぱり、足りないものがあったのかもしれない。

だから、以前できなかったことをもう一度やり直そうとしている。

「……どうせ、ご馳走《ちそう》様なことだろ？」

「まぁ、そうね。まとまった休みが取れそうだから旅行に行こうって言われたの。彼と休みを合わせるにしても、納期の近い時期は休めないし……。けど、こっちの都合ばかり言っていいものかと思って……冬季さんの方が忙しいし」

給湯室でコーヒーを淹《い》れて戻ってきた優大が、ぐっと眉を寄せた。

「コーヒーも濃いけど、お前の話も濃いな……ったく、そんなこといちいち聞かせるなよ」

「そっちが聞いてきたんでしょう!? あ、そうだ。ねぇ、優大。新婚旅行の時、パスポートってどれくらいで取れた？」

「パスポート？　なんだいきなり」

少し前に結婚した優大が、新婚旅行で海外に行っていたのを思い出した。確かヨーロッパのどこかだったかと。それで侑依は、参考までに聞いてみたのだ。

「その旅行って、海外なのか?」

「まだ、そう決めたわけじゃないけど……ちょっと参考までに? どこに行くかも迷ってて」

優大は盛大に肩を竦《すく》めながらコーヒーを飲む。そこで、何かを思い出したように侑依を見た。

「そういやお前、カニ食べたいんじゃなかった?」

そう言われて、ふと考える。

まだ、冬季との復縁を考える前のこと。

彼と行った北海道旅行を思い出し、そんなことをつぶやいた気がする。

せっかく北海道に行ったのに、雪でホテルに閉じ込められてどこにも行けなかった。

予定していたカニも食べられず、結局ホテルでずっと冬季とセックスして過ごしたのだ。

「そうだね、カニ、食べたいかも」

「じゃあ、また北海道行けば? 前は観光もできなかったんだろう?」

なるほど、と妙に納得した侑依は、優大に頷いた。

「北海道だったらパスポートもいらないし、英語が喋《しゃべ》れなくてもいいもんね」

せっかくだから、新婚旅行をやり直すのもいいかもしれない。

となると、やっぱりカニは外せないだろう。

旅行先で久しぶりに冬季とゆっくりデートができると思ったら、がぜん楽しみになってきた。

とても晴れ晴れとした気持ちになり、侑依は次のパンに手を伸ばした。

「ありがとう、優大。おかげで、行きたいところが決まったよ」

「まぁ、北海道、いいんじゃないか？　俺は行ったことないけど、嫁は行きたいって言ってる」

嫁は、という優大の声の優しさに思わず笑ってしまう。新婚の優大は、奥さんのことを大事にしているのだろう。

「優大は凄いね……いつも私の欲しい言葉をくれる」

「おう、敬《うやま》え」

侑依が笑うと、優大も笑った。

どんなに厳しいことを言っていても、そこには侑依を気遣う優しさがあった。同僚としても、友人としても、彼の存在はかけがえのないものだと思う。

でも、優大は冬季とは違う。

侑依にとって、冬季は絶対に、なくてはならない特別な存在なのだ。何があっても切り離すことができない、大好きな人。

なんだか、早く冬季に会いたいと思った。

旅行を楽しみにしている気持ちを素直に伝えて、彼の笑った顔が見たい。

冬季が帰ってきたら、さっそく旅行の行き先について話そう。そんなことを考えながら、午前中の遅れを取り戻し定時で帰るべく、気を引き締めて午後の仕事に向かう侑依なのだった。

＊　＊　＊

「北海道？」

いつもより少し早く帰ってきた冬季が、聞き返してくる。

侑依は玄関のカギが開く音が聞こえると、冬季を出迎えに行った。いつもしているわけではないが、気が付いた時はできるだけ彼を出迎えるようにしている。

そんな侑依に冬季が笑みを向けてくるのは、どんなに疲れている時でも変わらない。

侑依はリビングに向かいながら、旅行は北海道へ行きたいと冬季に告げたのだ。

そして詳しく話すため、あらかじめリビングに置いておいたバッグを手に取り、ソファーのある床に座る。

「どうして北海道なんだ？」

一度行っただろう？　と言いたげな彼の表情に、侑依は買ってきたばかりのガイドブックをソファーの前にあるテーブルに置く。

その様子を眺めながら、冬季はネクタイを指で緩《ゆる》めてスーツの上着を脱いだ。

「だって、北海道には行ったけど、吹雪《ふぶき》でずっとホテルだったでしょう？　ホテルのご飯を食べて、ホテル内のコンビニに行って、って感じで」

「ああ、そうだったな」

脱いだ上着を適当に置いた冬季が、ソファーに座って侑依が置いたガイドブックを手に取った。床に座っていた侑依は立ち上がって冬季の隣に座る。

「そうでしょう？　私、観光したかったし、何よりカニを食べてないなぁ、って」

「外に出ようと思えばできたけど、君が動きたくないと言ったんじゃないか」

「だって……あれは……朝も昼もしてたからでしょ」

「何を？」

クスッと笑った彼に、侑依は口を尖らせた。

「セックス三昧《ざんまい》って、ああいうのを言うんだな、って身をもって体感した」

肩を落としながらそう言うと、彼は表情を変えないまま口を開く。

「あの時は、本当に気持ちよくて楽しかったよ、侑依」

冬季を見上げると、彼は侑依の頬を大きな手で撫でてくる。

「旅行に行ったら、一日くらいはそうして過ごせるといいな」

侑依はその言葉にしばし言葉を詰まらせた。

あの時のことは、今も鮮明に覚えている。

結婚して一ヶ月。冬季と暮らすことに、まだ少し緊張していた頃だ。

それなのに、初めての旅行で、まさかあんなに愛されるとは思わず、心も身体も翻弄《ほんろう》された。

だけど、温かい身体に包まれて誰よりも近くに冬季を感じられた時間でもあった。

「私は、願えばまた、いつでもあの時の旅行みたいに……冬季さんの腕に抱かれることができるのね……」

侑依は、頬を撫でる彼の手に自分の手を重ねる。

そうすると、見つめてくる冬季の目元が優しくなり、しっかりと頷かれた。

「だったら僕も、望めばいつでも君を愛せるんだな？」

その言葉に笑みを浮かべた侑依は、彼の唇に自分のそれを近づける。

軽く啄《ついば》んでから離すと、彼の手が侑依の大腿《ふともも》に触れてきた。

「冬季さんには、いつでも私を抱く権利があるよ」

そう言って、侑依は彼の左手の薬指に嵌《は》まった指輪に触れる。

その手が侑依の手を捕らえ、強く握ってきた。

そのままソファーに押し倒され、彼が覆《おお》いかぶさってくる。

首筋に顔を埋《うず》められ、耳の後ろにキスをされると、身体に快感の火が灯《とも》った。

「あ……冬季さん」

「侑依」

互いに唯一の人の名前を呼び合う。

彼の大きな手が、明確な意志をもって侑依の身体に触れてくる。

密着した彼の下半身が、すでに反応し始めていることに微笑み、侑依はうっとりと目を閉じた。

大好きな人に、こんなにも深く愛してもらえる。

本当に、なんて幸せなんだろう。

心からそう思い、侑依は冬季から与えられる熱に感じ入った声を出すのだった。

4

忙しい中、なんとか一緒の時間を作って話し合い、北海道旅行が決まった。

ガイドブックを見ながら大体の予定を立て、旅行がかなり楽しみになっていた。

聞けば冬季も北海道観光をしたことがないという。

二人とも初めてなら、まずは時計台など主要な観光スポットから回ってみるのもいいかもしれない。

せっかくなら少し遠出をして、自然豊かな阿寒湖《あかんこ》を見に行こうという案も出たが、移動距離などを考えて、また今度改めてということになった。

こうやって彼と先々の話ができることが嬉しい。次の旅行の計画を、当たり前のように話し合える今に、幸せを感じた。

カニを食べたいと言ったら、カニ会席の店を調べ出した冬季に慌ててしまう。

手軽な店でいいと言ったが、食べ放題よりいいと説得されてしまった。

彼の選ぶ会席料理なんてきっと高いに違いない、そう思いながらも冬季と美味《おい》しいカニが食べられることに顔がほころぶ。

北海道に行くなら、他にも海鮮丼やラーメンも気になるし、有名な動物園にも行ってみたい。

やりたいことがどんどん増えていく。

気付けば、ガイドブックを、もう一冊買ってしまっていた。

最初に買った本とは違った目線で観光地のことが書かれてあり、見ているだけでも楽しい。

そんな侑依に、冬季は呆れた目を向けて言った。

『なんでもう一冊買って来た？　時間とお金の無駄だ』

いつもだったら、絶対に腹を立てていた言葉だろう。

でも、それを笑って受け流せるくらい幸せで、旅行を楽しみにしていたのだ。


その日の昼休み。

侑依は、職員用の休憩室でお弁当を食べながらガイドブックを見ていた。

すると、通りかかった従業員から声をかけられる。

「あれ、侑依さん旅行に行くんですか？」

侑依より若い彼は、割となんでも直球で聞いてくる。確か離婚した時も、離婚しちゃったんですか？　と平然と聞いてきた。

「……うん、ちょっと、友達とね」

冬季とよりを戻したことは、まだ優大しか知らない。侑依は思わず、友達と嘘をついて誤魔化した。

「へぇ、いいなぁ。どこに行くんですか？」

そう言ってニコニコしながら侑依の手元を覗《のぞ》き込んでくる。

侑依は笑みを引きつらせつつ答えた。

「北海道」

「マジですか？　いいですねぇ。そういえば、元旦那さんとも行ってましたよね？　北海道」

なんでもないように言われた言葉に、侑依は、はは、と笑うしかない。

「そうね……」

「また観光するんですか？」

「ああ、まぁ、うん」

笑って言葉を濁《にご》していると、休憩室に入ってきた優大が口を挟んできた。

「お前、休み時間そろそろ終わりじゃないのか？　さっさと歯磨いて仕事に戻れ」

「あ、そうでした！　じゃあお先です！」

優大が一喝《いっかつ》すると、彼はサーッと休憩室を出て行った。

「お前が堂々とガイドブックなんか広げてるから聞かれるんだよ」

「だって……事務所じゃこんなもの開いてご飯食べられないし……」

「別にいいだろ。どうせ昼時なんて客は来ないんだから」

そう言いながら優大は侑依の前の席に座って、持っていたお弁当を広げる。

中には、おにぎりや唐揚げなどが彩《いろど》りよく入っていて、とても美味《おい》しそうだった。

「卵焼き、美味《おい》しそう……奥さんが作ってるんだよね？　上手だなぁ」

結婚してからは、ほぼ毎日愛妻弁当を持参するようになった優大は、ああ、と言っておにぎりのラップを外し、頬張る。

「最初は料理苦手みたいだったけど、作るうちにかなり腕を上げたな。お前は？　西塔に弁当作ったりしないのか？」

言われた瞬間、侑依の表情が強張《こわば》ってしまった。

「……作ったことないのか」

「うっ……だって、冬季さん……お弁当って感じしないし。それに、忙しくてお昼食べ損ねるって言ってるくらいだから、作っても食べる時間ないかと……」

優大は鼻で笑って、箸《はし》で侑依を指しながらお前なぁ、と言い出した。

「だからこそ、その隙間に食べられる弁当がいいんじゃないか？　俺だってそういう時あるし、忙しい日なんて、わざわざ買いに行くのだって面倒だろうが。お前もそういう時あるだろ？　忙しくて出前の弁当頼み損ねたとかさ。そんで、面倒だけど買いに行くとかな」

「……確かに」

「だろう？　ありがたいもんだぞ、弁当。まぁ、嫁も最初は下手《へた》だったけど、こういうのは気持ちだからな」

「言っとくけど、私、そこそこ料理できるからね。不味《まず》いとか、言われたこと一回もないし」

優大は再度鼻で笑って首を横に振る。

「どんな男にも家庭の味ってのがあるんだよ。俺は母さんの味に慣れてたから、嫁の味に慣れるのに時間がかかった。でも、結婚したばっかりの嫁に、飯が不味《まず》いなんて言えないだろう」

優大の言葉に、侑依はぐっと押し黙ってしまう。

もしかしたら冬季も、侑依のご飯をあまり美味《おい》しくないと思っていたかもしれない。

優大の言う通り、誰にだって家庭の味というものがある。

――不満に思っていることを、言わずに呑み込んでいるとしたら？

「西塔だったら、絶対に言いそうにないな」

「優大……ちょっと……ダメージ受けるからそれ以上、もう言わないで……」

侑依は机に突っ伏して頭を抱えた。

そうなの冬季さん、と心の中で問いかけてしまう。

さっきまでガイドブックを見て浮かれていた気分が、一気にズーンと落ち込んでしまった。

侑依が作ったハンバーグやとんかつ、煮つけや炒め物に、おでん……。これまでいろいろと作ってきたが、気に入らない味があったのかもしれない。もしそれが出汁《だし》とかだったら、味噌汁なんて絶対にアウトだ。

「家庭の味なんてわからないよ……ずっと我慢させていたら、どうしよう」

「なんも言わないならいいんじゃないか？」

他人事《ひとごと》みたいに言ってくる優大に、ムッとして顔を上げた。

「じゃあ、なんで優大はそんなこと言うわけ？」

「お前が浮かれてたから？　新婚の時みたいに、心ここにあらずって感じだし、ちゃんと現状を振り返ってみろ、ってことだ。まだなんも解決してないんだろ?」

優大の言葉に、ハッとする。

厳しいこと言うなぁ、と思ったがまさに彼の言う通りで……

復縁を約束したとはいえ、まだ冬季との関係は大っぴらに言えるような状況ではない。

一緒に旅行に行くのは元夫だ、と自信を持って言えるようにならないといけないのだ。

「ごめんなさい」

侑依はシュンとなって謝った。

優大は、はぁーっ、とため息をついて、ガシガシと頭を掻く。

「まぁ、俺もちょっと言いすぎた。けど、旅行に一緒に行くのは西塔だと、堂々と言えるようになるまでは、会社で浮かれた素振りは見せない方がいい。一意見だけどな」

侑依は優大の言葉をしっかりと噛みしめる。

冬季とまた一緒にいられるようになり、自分が思う以上に浮かれていたようだ。

けれど、優大の言う通り、まだ解決しなくてはならない問題がたくさんあるのだ。

侑依はガイドブックをバッグにしまって、食事を再開する。

これからの人生を冬季とともに歩いていくために、きちんとしなければと気を引き締めた。

優大はさすがに男だから食べるのが速い。あっという間にお弁当を食べ終え、デザートのプリンのふたを開けている。

「奥さん、デザートまで用意してくれるんだ」

「ああ、いい嫁だよ、俺の奥さんは」

臆面もなくそう言う優大が羨《うらや》ましかった。

もしも、今でも冬季と結婚したままだったら、この話を聞いた時の反応も違っていたかもしれない。

負けじと、侑依も冬季にお弁当を作っていたかも——いや、今からでも遅くはないのではないか、と侑依は考え直した。

お弁当を渡したら冬季はどんな顔をするだろう……

それを想像して、自然と笑みを浮かべる。

「急に笑い出してなんだよ、気持ち悪いな」

「い、いいじゃない別に！　ただ、私もお弁当作ってみようと思っただけよ」

侑依の言葉に、あっそ、と言って彼も笑った。

「美味《おい》しいの作らないとなぁ。あいつ舌が肥えてそうだし」

「だから、私は料理できるって言ってるじゃない」

唇を尖らせながらも、冬季にお弁当を作りたい気持ちが高まる。

さっそく帰りに、お弁当の材料を買おうと思う侑依だった。

＊＊＊

その日の仕事帰り、侑依はスーパーに寄って食材を買い込んだ。

いつもは夕食の献立を考えながらの買い物だが、今日はそれプラス冬季のお弁当に入れるおかずの材料だ。

優大のお弁当に入っていた唐揚げが美味《おい》しそうだったから、唐揚げを作ろうと思いたつ。

せっかくだから、味付けもひと手間かけた方が美味《おい》しいだろう。

唐揚げの他は、夕食の残り物と卵焼きで充分か、と材料をポイポイと買い物かごに入れていく。

会計を終えた荷物は結構な重さとなった。

世の中の子供や家族の多い主婦は、毎日大変だとぼんやり考える。

荷物を持って家に向かいつつ、お弁当は朝作った方がいいのだろうかと、首を捻《ひね》った。

だが、侑依は朝の支度が遅い方なので、おかずだけは前の日に作っておこうと決める。

そんなことを考えながらマンションに着き、オートロックのナンバーを入力する。

入り口の自動ドアの先には広いエントランスがあり、その先には小さなジムがあった。

以前住んでいた時は、充実した設備の凄さに圧倒されたが、今もやっぱりこのセレブ感には馴染《なじ》めずにいる。

ジムの中ではお洒落《しゃれ》なウエアを着たマンションの住人が、フィットネスを楽しんでいるのが見えた。

「私も今度行ってみようかな。冬季さんも時々使ってるし」

冬季は週に二回から三回は、したくないと言いながらもランニングをしている。でも、雨で外に行けない日は、ここのランニングマシーンを使っているのだ。大抵は外へ走りに行くので、ジムを使う頻度は少ないけれど。

デスクワークが多いから、意識して身体を動かすようにしているようだ。

侑依はエレベーターに乗って彼と住む部屋へ向かう。再びこのマンションに住むようになって一ヶ月ほどだが、気持ち的にはまだ信じられない気分。

そのうち、また当たり前みたいにここへ帰ってくるようになるのかな、と侑依は部屋のカギを出しながらドアを開ける。

玄関に足を踏み入れると、冬季が帰ってきている気配がした。

彼はすぐに靴をシューズボックスに片付けてしまうが、空気でそれがわかる。

リビングのドアを開けると、すでに着替えた冬季がキッチンで料理をしていた。

「お帰り、侑依」

「ただいま……どうしたの？　今日、凄く早いけど」

「担当した訴訟があっさり終わったからね。ちょっと早いけどさっさと退所してきた」

そう言って微笑みながらフライパンを揺すり、サッと皿に移したのはパスタらしい。

「ありがちなメニューで悪いけど、もう一品作るよ。と言っても、生野菜を切るだけだけど」

大皿に山盛りのパスタは、チーズの入ったクリーム系だ。トッピングなのだろう、サーモンがほぐしてある。

「……ありがとう。これって、なんていうパスタ？」

平たくて、きしめんに似ている。

「フェットチーネと聞いた。今日、美雪《みゆき》さんが大量にもらってきてたんだ。パスタ専門の飲食店の……名前を忘れたけど、そこの訴訟を担当しててね。小さな料理屋だけど美味《おい》しいらしい。お礼だって段ボールいっぱいもらってた」

美雪さんというのは冬季の上司で、比嘉法律事務所の所長夫人である。

「へぇ、そう……」

今日はサトイモやレンコンの煮物を作ろうと思っていた。まさか冬季が夕食を作っているとは思わなかったので、ちょっと予定が狂ってしまった。

「買い物をしてきたのか」

「うん、そう」

「今日のメニューはなんだった？」

「煮物……」

冬季が侑依の言葉を聞いて笑った。

「侑依は茶色い料理が好きだな」

そこでふと、昼休みに優大と話したことを思い出し、思い切って聞いてみる。

「私の料理、きちんと美味《おい》しい？　冬季さんの口に合ってる？」

「ああ、美味《おい》しいよ」

「それって本心？」

ガラスのボウルに、ちぎったレタスやカイワレ大根を入れた上にハムをのせながら、首を傾《かし》げる。

「もちろん、本心だが……どうした急に？」

「いや……茶色い料理ばっかりだし、和食が多いから……冬季さんにも、食べ慣れた家庭の味ってあるんだろうな、と思って」

「家庭の味？」

軽く眉を寄せた冬季に、買い物袋を床に置いて頷いた。

「ほら、お母さんの味とか」

袋から今日買ってきたものを取り出し、冷蔵庫を開ける。

明日のお弁当はなしだな、と鶏肉や野菜を冷蔵庫に入れていく。

「母の料理は洋食ばかりだったから、侑依の作る料理は落ち着くよ」

そう言って取り皿を出して、食材を冷蔵庫に詰め終えた侑依に手渡す。

それを受け取り、テーブルに並べる。

すぐに冬季がパスタの大皿とサラダの入ったボウルを持ってきて、テーブルに置いた。

「家ではあまり和食は出てこなかったし、手作りのだし巻き卵を食べたのは君のが初めてだった。僕が作る卵焼きは、塩味で味気ないだろう？」

「そんなことないよ？　いい感じで美味《おい》しいし」

冬季は侑依の言葉に微笑んで、食べようと言った。

いつの間にか、時刻は夜の七時を三十分以上過ぎている。買い物に時間をかけてしまったし、お腹が空《す》いていた。

「お腹ペコペコかも」

「タイミングがよかったな」

彼が席に着くのを見て、侑依も椅子を引っ張って座る。

フォークと箸《はし》を渡され、ありがとうと言ってボウルと大皿からサラダとパスタを取り分けた。

「母の料理よりも、君の料理の方が好きだ。僕の作る料理の方が口に合わないんじゃないか？　母の影響で洋食ばかりだし」

「そんなことない。冬季さんの料理はいつもとても美味《おい》しいよ。……ただ、急に私の料理はちゃんと美味《おい》しかったのかなぁ、って思って。……新婚の時、冬季さんにお弁当の一つも作らなかったから……今度作ろうかと思ったんだけど、それがちょっと気になっちゃったの」

侑依が顔を上げると、嬉しそうに微笑まれた。

「君のお弁当、楽しみだな……ああ、もしかして、そのつもりであの大荷物か？」

相変わらず、彼は察しがいい。今の会話だけで侑依の行動を言い当ててしまった。

彼はそうか、と笑顔で侑依を見つめる。

「お弁当の中身も茶色くなりそうだけどね」

「別に構わない」

「でも、冬季さんって、お弁当ってイメージがないよね……」

「なんだそれは。作ってくれるなら喜んで食べるに決まってる……ああ、今日は失敗したな。弁当の中に入れる料理を作る気だったんだろう？　なんで今日に限って大量にパスタをもらったりしたんだろう」

ため息をつきながら、本当にがっかりした様子で言う彼に、侑依は笑った。

「じゃあ明日は煮物にする。もちろん、夕飯のおかずも翌日のお弁当に入れるから。あとは唐揚げと卵焼き。おにぎりはラップにくるんで食べやすいようにするからね」

「楽しみだ……今日は早いから飲もう、侑依。ワインとビール、どっちがいい？」

「断然ビール！」

「そう言うと思った」

彼は立ち上がって冷蔵庫から缶ビールを取り出す。グラスとビールをテーブルに置いたところで、家の電話が鳴り響いた。

「こんな時間に誰だろう……」

侑依が出ようとすると、彼が手で制して受話器を取った。

家の電話にかかってくるということは、彼の急ぎの仕事かもしれない。侑依は立ち上がろうとした腰を椅子に下ろし、パスタのお代わりを皿に取った。

「ああ、母さん？　何？」

母さん、という言葉にドキッとする。

電話は冬季の母かららしい。彼が出て正解だったと心から思った。

緊張して、つい聞き耳を立ててしまう。

「うん、元気でいるけど、そんな当たり前のことを聞くために電話してきたわけじゃないだろう。いったいなんの用事？　何かあったわけ？」

きっとスマホにかけて出なかったから自宅にかけたのだろう。

冬季の母親には、結婚当初からあまりよく思われていなかった。離婚後は、冬季に二度と会うなとまで言われたほどだ。

義母にとって、冬季は自慢の息子で大きな期待もしていたのだろう。きっと、侑依と離婚して良かったと思っているに違いない。

「なんだそれは……そんなこと勝手に決めないでくれ。僕は自分のことは自分で決める。親として心配するのもわかるが、もう三十を過ぎた男におせっかいは必要ない」

やけに険のある言い方をする冬季に、侑依は眉をひそめた。

電話口でため息をつき、時折目を閉じて眉を寄せる。

何かよくないことを言われてそうだ、とソワソワと髪の毛に触れた。

「とにかく、断っておいてくれ。僕は会う気はさらさらない。じゃあ、切るから」

そう言って冬季は電話を切り、ふう、と息を吐きながら席に戻ってくる。

会う気はない、断っておいてくれ、という言葉に嫌な予感がしてしょうがない。

侑依は、思い切って彼に尋ねた。

「お義母《かあ》さん、どうしたの？」

「……嘘をつきたくないから言うけど、母が勝手に見合いを取り付けてきたらしい。しきりに断れない相手だと言い張ったが、電話を切った」

嫌な予感が的中した。

もともと結婚に反対されていたし、冬季にはもっといい人がいるはずだ、と言っていたのを聞いたこともある。その会話を陰で聞きながら、酷く落ち込んだものだ。

だが、離婚をした今はもっと嫌われている自覚がある。

もう会わないという約束も、守れなかった。これで、復縁しようとしていることを知られたら、いったい何を言われるだろう。

考えるだけで気持ちが沈みそうになって、無理やり笑みを浮かべる。

「どんな人とのお見合いをセッティングしたんだろうね？」

侑依はわざと明るく、なんでもないように言った。

冬季は、面倒そうに大きく息を吐いてこちらを見る。

「そんなこと君が気にする必要はない」

「……気になるよ。電話口で結構険のある言い方してたし……」

冬季はパスタを食べる手を止めて、侑依、と名を呼んだ。

「僕には君だけだし、他の誰とも結婚する気はない。見合いなんて、たとえ相手が誰であろうと論外だ」

いつも本当に、まっすぐな言葉をくれる。

はっきりと否定してくれる優しい冬季が好きだと思う。

さっきの電話で沈んだ気持ちが、少しだけ浮上した気がした。

「君も、僕の気持ちはわかっているだろう？」

そう言って侑依の手を握ってくる。その温かさに、彼の本心が伝わってくるようだった。

真剣に見つめられ、侑依は微笑んで頷く。彼の言葉は、いつも誠実だ。

「ごめんなさい。お義母《かあ》さん、もともと私たちの関係に反対していたでしょ？　だから、ちょっと不安になっただけ」

「近いうちにきちんと話そう。たとえ母が、僕らの復縁を反対したとしても関係ない。お互いきちんとした職業に就いているいい大人だ。干渉してくる方がおかしい」

「……でも、冬季さんのお母様だから」

侑依がそう言うと、彼はわかってる、と言ってパスタを口に運ぶ。

「僕もできれば認めてもらいたい。だが、それが無理でも僕らは一緒にいる。それは変わらない。そうだろう？　侑依」

冬季の言葉はいつも的確で正しい。淡々と正論を言うところは、とても弁護士らしい。

そんな彼に苦笑しつつ、侑依はしっかりと頷いた。

「そうだね。私たちはいい大人だし、どうしても認めてもらえない時は、二人で生きていける」

「ああそうだ。だから、さっきの電話は、たいしたことじゃない」

にこりと笑った彼に、侑依も微笑み返す。すると、空《から》のグラスにビールが注《つ》がれた。

「今日一日お疲れ、侑依。君の弁当を楽しみにしてる」

「お疲れ様、冬季さん。まぁ、ほどほどに期待していて」

カチン、とグラスを合わせて一口飲んだ。

彼と一緒に食事をするのは楽しい。

この先もずっとこれが続いていくのだと思うと、本当に幸せで。

何があっても、このまま彼と一緒にいられるように。

もしまた、冬季に見合いの話がきても、ドンと構えていたい。

そう思いながら、侑依は彼と食事を再開し北海道旅行の話をするのだった。

5

——母から電話がかかってきた翌朝。

冬季は出勤してからも、もやもやとした気持ちを抑えきれなかった。

せっかく早く帰って来て二人で食事をしていたというのに。

もやもやの原因が自分の母親というのはわかっている。

なんで急に見合いなどと言ってきたのかと思う。

そういえば、冬季が離婚して独身となった時、母は喜んでいた。一応は隠そうとしていたけれど、どこか嬉しそうにしていたのを覚えている。

離婚の報告に実家に行った冬季は、鼻歌を歌っていた母に気分が悪くなったものだ。

その日は、夕ご飯に誘われたのをそんな時間はないと突っぱねて、誰もいない部屋へ帰宅した。

そんな母が、わざわざ家にまで電話をかけてきたから何事かと思ったら、いつまでも独身でいるのはよくないから、と縁談をすすめてきたのだった。

『冬季のような立場の男性が一人でいるのはよくないわ。周りも心配しているのよ。……それでね、以前、弁護士会の会長をしていたという方のお孫さんが、あなたと釣り合う年頃のお嬢さんで、まだ独身なのよ』

母は、勝手にお見合いを引き受けたらしく、いつなら時間がとれるかと聞いてきた。

もちろんそんな勝手なことをされたくないし、冬季には侑依がいる。

両親にはまだ復縁のことは話していないため、昨日は断っておいてくれと言うだけに止《とど》めた。

しかし、あの様子では……

冬季はため息をついてコーヒーを飲んだ。

「あら？　上《うわ》の空かしら？」

「いえ、聞いていましたよ。D社の訴訟が早く片付きそうなんですね？」

「上《うわ》の空のようでいて、きちんと聞いていたのね」

ふふ、と笑うのは比嘉法律事務所の比嘉美雪だ。所長の妻で、やり手の弁護士でもあるこの人なくしては、事務所は成り立たないだろう。

仕事ではペアを組むことが多く、今回もまた美雪と二人で訴訟の対応に当たっていた。

比嘉法律事務所には六つの個室と共用スペースがあり、ミーティングは大抵どちらかの部屋で行《おこな》う。

今日は冬季の部屋で今後の訴訟方針を話していたのだが、つい別のことを考えてしまっていた。

「上《うわ》の空というわけではないですが、別のところに意識が行ってました。すみません」

「あらそう……ちゃんと聞いてたんならいいわ。でもいったいどんなことを考えていたの？　この件は揉《も》めそうだから、慎重に進めていたわよね？　実際は、そこまで揉《も》めずに済みそうだからいいけど」

そう言って美雪は赤い唇に弧を描いた。

「まぁ、個人的なことなので、お気になさらず」

仕事用の笑みを向ける冬季に、あらあら、と言って美雪は表情を変えぬまま身を乗り出してくる。

「あなたが大事な話の時に上《うわ》の空になるようになったのは、侑依さんと出会ってからよね？　どうせまた、侑依さん絡《がら》みで何かあったんでしょう？　今はどうしてるの？　まだ付かず離れずの関係かしら？」


美雪はコーヒーを一口飲み、カップを置いた。カップには美雪の唇の色が残っている。

冬季はそれを見て、侑依と初めてデートした時のことを思い出した。

お互い気を遣っていたとは思うが、彼女は特にそうで、ずいぶん緊張しているようだった。食後のコーヒーのカップに付いた口紅の跡を、何度も親指で拭《ぬぐ》っていた。

気になるのか、やたらと口紅を馴染《なじ》ませる仕草をし、さらに時々指で触れていた。

そんな侑依の仕草をジッと見ていると、彼女は少し顔を伏せて微笑んだ。

『私、普段はほとんど口紅を塗らなくて。保湿リップくらいだから、なんか今日はちょっと違和感があるし、カップに色が付いちゃうのが気になってしまって……』

その、侑依のどこか初々《ういうい》しいところが、冬季には新鮮に映った。

今まで冬季が出会ったり、付き合ったりした女性たちは、誰一人そんなことを気にしなかった。冬季もカップに口紅が付くくらい、普通だと思っていた。

カップを拭《ぬぐ》い、うっすら口紅の色が移っている親指を見て、彼女の唇に視線をやった。

その時、無性にキスをしたいと、胸が騒いだのを思い出す。

「付き合っています。今は一緒に住んでいます」

「……へぇ、そう。去る者は追いません、とか以前言ってたのに。西塔は侑依さんのこと、なんだかめったやたらと、好きなのね」

ふふ、と声を出しながら口元だけほころばせる美雪を見て、冬季も同じようにした。

「去られても追いかけたい人が現れただけです。好きですよ、もちろん。あの意地っ張りが素直になる瞬間が堪《たま》りません」

離婚して離れていた間も、冬季は侑依と関係を続けた。

それは、彼女が好きだからに他ならないし、侑依以外の女を抱こうとも思わなかったからだ。

どんなに意地を張っていても、冬季の手で柔らかく蕩《とろ》ける身体が堪《たま》らなかった。

だから侑依に、『他に誰かいい人がいたら、その人と付き合って』と言われた時は、腹が立って仕方なかった。

それでも、自分の手で可愛く喘《あえ》ぐ彼女を見ているうちに、侑依にも冬季しかいないのだと伝わってきた。

口では意地を張り、心では好きだと言っている侑依を、どうしても手離すことができなかった。

会わずにいられなくなり、会えば抱かずにはいられなかった。

そして、実際そうしていた。

侑依とするセックスは心も身体も満ち足りていて、それゆえに堪《たま》らなく気持ちがよかった。

彼女を抱いて初めて、自分は今まで、恋をしていなかったのだと理解したのだ。

「ああ、そう。ご馳走様《ちそう》。……でも、一度離婚した相手と復縁して再婚となれば、いろいろ大変じゃないの？　特にあなたのお母様は、侑依さんのこと、あまりよく思ってなかったわよね？」

「……そうですね。侑依と復縁すると言ったら、何を言われるか。とりあえず、母は激しく怒りそうですね。面倒です」

冬季は心底そう思ってため息をつく。美雪はそうね、と言って書類をまとめて揃えた。

「まぁ、離婚なんて浅はかなことをしたんだからしょうがないわね。あなたが情に流され、離婚届にサインなんかするからよ。けれど、自慢の息子の戸籍にバツが付いたのが、母親として嫌なんじゃないの？　その辺は察してあげないと」

そんなことはわかっているが、と冬季は結局ため息をついてしまう。

「母が、元弁護士会会長の孫との見合いをすすめてきたんですよ。知ってますか？　大《おお》城《しろ》、という苗字の」

「……あらまぁ、そうなの？　凄く綺麗なお孫さんを、自慢してたのを知っているわ。あなたも見かけたことがあったと思うけど……」

そう言って美雪は元会長を思い出すかのように、視線を上に向けた。

「お孫さんは確か……侑依さんと同じか一つ年上だったと思う。上品な顔立ちで、笑った表情が可愛らしくて、礼儀正しい。……彼女も法学部に行ったらしいけど、司法試験にはまだ受かってなくて、おじいさまの事務所でパラリーガルをやっているんじゃなかったかしら」

美雪の情報はさすがだな、と思いながら冬季はカップのコーヒーを飲み干した。

「お嬢様というわけですね」

「そうね。確かに、肩書だけ見ればエリートイケメンの西塔と、その彼女はお似合いだと思うわ」

何気なく美雪に言われた言葉に、冬季は眉を寄せてしまう。

「よしてください！」

思いがけず硬く、大きな声が出ていたらしく、美雪は驚いたように眉《の》を上げた。

「そんなに怒らなくたっていいでしょう？　客観的な意見を述べただけよ。どうせ断ったんでしょう？」

「はい」

「だったらいいじゃないの。あなたは侑依さん一筋で頑張りなさい。一時間後、D社に行くわよ。用意しておいて」

そう言って立ち上がると、美雪はドアを開けて出て行った。

それを見送って、冬季はふう、とため息をつく。

「断ったくらいで引き下がる母だったら、苦労しないんだが」

髪の毛を掻き上げる。

久しぶりに早く帰って来て、侑依と夕食を取り、楽しく過ごそうと思っていた。

それに水を差すような電話は、正直迷惑だった。

侑依には嘘をつきたくないから、きちんと電話の内容を話した。侑依は表情を硬くしたが、すぐ気を取り直したように笑みを浮かべた。

侑依は、母の態度をいつも気にしていたから、何か思ったに違いない。

けれど、侑依はそういう時ほど何も話さず、本音を隠そうとする。

「もう一度、はっきり断らないと、無断で見合いを進めそうだな」

冬季は、なんて面倒なんだと心の中でつぶやきながら、自分のスケジュールを確認する。

そして、実家に行けそうな日を探すのだった。

＊　＊　＊

母から電話があった後も、侑依の態度に変わったところはなかった。

それでもきっと、また何か一人で考え込んでいるのかもしれない。

だが、そんな侑依の気持ちを強く聞き出せない自分がいる。

彼女とはすれ違いから離婚をしたけれど、再び一緒にいると約束した。だから、こんなことくらいでダメになるとは思わない。

内心の不安を打ち消すように、冬季は首を横に振った。こうなると、北海道旅行があってよかったと思う。

彼女は心から旅行を楽しみにしているようで、ガイドブックを開いては行きたいところや、やりたいことのリストを作っていた。

その中には、時計台をはじめとした観光地についてと、オルゴールやガラス細工《ざいく》といった土産物《みやげ》について。

そして、カニや、エビがたくさんのった海鮮丼、ラーメンやアイスなど、食べることがたくさん書いてあって笑ってしまった。

それを指摘したら、侑依は頬を膨らませたが、冬季はそれさえ愛おしいと思った。

隣にいる侑依の肩を抱き寄せると、どうしたの、と微笑まれる。

ただそれだけのことなのに、幸せを感じた。だから、素直にそれを伝える。

『ずっと冬季さんの傍にいるよ』

そう言った侑依の言葉が、嬉しかったし安心した。

何気ない一言かもしれないが、今の冬季には特効薬のように感じた。


とある会社が主催するパーティーで出会った侑依とは、出会ってすぐに恋に落ちた。

食事をして、付き合いを申し込んで、結婚し……そして、離婚もして……

今、復縁を目指している。

彼女とは、そんなフルコースを短期間でやった。

もちろん今だって、喧嘩もするし、すれ違いもある。

そんな風に喧嘩をしたりしながらも、相手のことを変わらず好きだと思い、自然と仲直りができる人は、侑依しかいない。

離婚をしてもなお、お互いに求め合うような人とはもう二度と出会えないだろう。

離婚していた期間を思うと、彼女との今の関係は、とにかく愛おしい。

侑依との幸せをやっと取り戻したばかりなのだ。

この幸せを守るために、自分は彼女の感じる不安や憂《うれ》いを取り除きたい。

決して、以前と同じ轍《てつ》を踏まないように。

気付かないうちに侑依を傷付けたり苦しめたりして、離れて行かれるのはもう御免《ごめん》だ。

母親との電話で侑依の心が多少なりとも沈んでいるのなら、きちんと解決しなければと思った。

冬季は母に連絡して、会いに行く約束を取り付ける。

勝手に進めようとしている見合いを、取り消すことだけを考えた。

そのためにはきちんと会って、母に自分の思いを伝えるしかない。

たとえもう会わないと言われても、伝えるべきだと決意する。


そうして約束の日。

冬季は仕事を早く切り上げて車で実家に向かった。

「まったく、いつまでも息子の人生に干渉しないで欲しい」

そう言ってため息をつくと、もうすぐそこは実家だった。

割と大きな一軒家は、冬季が高校生になった年に父が建てたものだ。妹の高校受験や冬季の大学の受験も考慮し、集中できる部屋を作りたいという思いからだった。それまでは妹と同じ勉強部屋だったのが個室になり、二人とも大いに喜んだものだ。

事前に連絡していたからか、玄関のドアを開けると待ってましたと言わんばかりに、母が出てくる。

「いらっしゃい、冬季」

母は、冬季が見合いを断り、侑依との復縁について話そうとしていることを知らない。さて、いつまでニコニコしていてくれるやら……

冬季は内心ため息をつきつつ、靴を脱いで家に上がった。

仕事を早く切り上げて向かうと言ったためか、父も母も食事を済ませていないようだった。

「今日は冬季の好きなものを作ったのよ」

シチューと煮込みハンバーグは確かに冬季の好物だったが、今ではもう侑依の作る和食の方が好きになっていた。

母が作る料理は相変わらずだな、と冬季はただ微笑んだ。

「ありがとう」

侑依には食事をとってくるとだけ言ってある。実家に寄ることは言っていなかった。すぐに温かい料理がテーブルに並べられていく。

母は嬉しそうだ。たぶん父も……あまり顔に出ていないが表情が柔らかい。

久しぶりの、親子三人でとる食事。食べ始めてしばらくすると、仕事はどうだと、父が聞いてきた。

「まぁ、それなりに上手《うま》くやってるよ。比嘉法律事務所は人間関係もいいし、所長や副所長もいい人だから助かっている」

「そうか。会社でもたまにお前の話は聞こえてくるからな……。まぁ、この年のオヤジでも、まだやることはあるし、こっちの心配はしなくていいからな」

父は大きな会社の役員をしている。

ほとんど表に出ない仕事をしているとだけ聞いているが、仕事の話は家へ持ち込まない人だ。

冬季の話は、おそらく社員の誰かから耳に入ってくるのだろう。

「わかってるよ。ありがとう」

久しぶりに食べる母のシチューは確かに美味《おい》しかったが、ちょっと味が濃いような気がした。

きっと侑依の作る、出汁《だし》をしっかり取った塩分控えめの料理に慣れたからだろう。

「冬季、この前の話、考え直してくれた？」

「この前の話って……見合いのこと？」

きっと母から切り出してくるだろうと思っていたから、黙って食べていたが案の定だ。

「断っておいてくれと言っただろう？」

「大人なんだから、そうも行かないってわかるでしょう？　お父さんの会社の人からきた話だし、私もこの間実際に会ってみたけれど、いいお嬢さんだったわ」

父は黙って聞いている。

もしこれが、父の会社の人間が持ってきた話だとしても、断ったところで父の地位は揺るがないだろう。

父が何も言わず黙っているということは、冬季が決めていいということだ。

本当に重要なことだったら、きっと父も会うだけ会えと言っていたはずだから。

「先方が冬季のことを気に入っているのよ。あなたに離婚歴があってもいいって言うの」

「相手がそう思ってても、こちらにだって断る権利があるし、断ったところでなんの支障もない。離婚歴があるから無理だとでも言っておいてくれない？」

冬季がハンバーグを口に入れると、母はため息をつきながら、あのね、と口を開く。

「確かにあなたの言う通り、断っても支障はない。でも、身元のしっかりとしたいいお嬢さんだし、弁護士を目指している立派な方よ？　侑依さんみたいに小さな会社で働いているような、普通のお嬢さんじゃないの」

いくら子のためを思っての言葉だとはいえ、母親に自分の好きな人を悪く言われて、冬季は腹が立った。

どうしようもなく怒りが込み上げてくる。

唇を引き締め、気持ちを抑えようと息を吐き出すが、なかなか収まってくれない。

冬季は髪の毛に手を差し入れ、落ち着けと自分に言い聞かせる。

感情のまま怒鳴り散らしそうな自分をどうにか抑えた。

「何度も言うが、侑依にはきちんとした信念があって、あの会社に勤めているんだ。彼女を侮辱するような母さんの考えが、大嫌いだと前に言わなかった？」

箸《はし》を止めてそう言うと、母は眉を寄せた。

「言いすぎたことは謝るわ。でも、冬季の経歴にバツを付けた侑依さんに、私はこれからもいい印象を持てないの。あなたに紹介したい人はね、弁護士を目指して毎日頑張っている人なのよ」

それがなんだ、と冬季は思う。

そもそも結婚の挨拶《あいさつ》に来た時、侑依に専業主婦になった方がいい、会社は辞めて冬季を支えたらどうかなどと言っていたくせに、よく言う。

自分と離婚した侑依を、母がよく思わないのは当たり前かもしれない。

だとしても、冬季には侑依しかいないのだ。

あんなに早く恋に落ち、自分から結婚したいと思った女性は彼女しかいなかった。

「たとえそうでも、僕には侑依以外考えられない。彼女がいいんだ」

母は冬季の言葉に目を丸くした。

父も箸《はし》を止めてこちらを見ている。

「復縁をしようと思っている。すでに……一緒に暮らし始めている。彼女と離婚した後、いろんな女性と会ったけど、求めるのはやっぱり、侑依だけみたいだ」

母はその言葉に眉をひそめて箸《はし》を置いた。

「だめよ！　あの子と結婚したから、冬季は離婚する羽目になったでしょう？　もともと反対だったのよ。私はあなたにはもっとしかるべき家のお嬢さんを、と思っていたんですからね。侑依さんは、頭のいい冬季が選んだ人とはとても思えなかった」

はっきりと侑依への不満を口にする母に、先ほど抑えた怒りが再燃する。

「じゃあそっちは？　母さんの家は、しかるべき家なのか？　とてもそうは見えなかったけど」

　二人で睨《にら》み合っていると、ずっと黙っていた父がふう、と息を吐いた。

「もうやめないか」

　冬季は父の言葉で黙り、母はまだ何か言おうとしたが父が止めた。

「冬季はいい大人だ。勝手に縁談を持ってきたお前が悪い。ウチの会社の人間の紹介でも、断っていいはずだろう？」

　母にそう言った後、父は冬季に向き直り、じっと見つめてくる。

「冬季、いい大人のお前が、結婚してすぐに離婚した時は、正直落胆した。しかし、お前の人生だ。もう私たちが干渉する年でもない。ただ、もし今度上手《うま》く行かなかったら、私たちの言うことを聞いてもらうぞ。いいな？」

　父はなんだかんだ言って、いつも子供たち自身に決めさせようとする。母があれやこれや口を出す時も、ただ信じている、とだけ言う人だった。

　子供の頃はそれが物足りず、関心を持たれていないのかと思っていた。

　だが今は、一人の人間として認めていたのだとわかる。

「ああ、わかった」

「ならいい。……お前も子供が心配なのはわかるが、冬季が断った話をしつこくすすめるな」

母はそれに返事をせず中断した食事を始める。

冬季も父もまた、箸《はし》を取り食べ始めた。

父に助けられたな、と思いながら心の中で感謝した。

これでとりあえず一段落だな、と思う。

両親には侑依との復縁を伝えた。本来なら侑依とともにこの場に来たかったが、母のあの言葉を聞かせずに済んでホッとする。

冬季に対しては特に過干渉な傾向にある母にげんなりする。

それでも、自分の母なのでしょうがない。

冬季は、無性に侑依に会いたいと思った。

まだ彼女との関係を、きちんと認めてもらったわけではない。

けれど、一歩進んだ気がする。

食事が終わったら早く家に帰ろうと思いながら、冬季はシチューを口に運ぶのだった。

6

「あらそう、一緒に住み始めたんだ」

美味《おい》しいランチがあると誘われて、侑依は友人である山下明菜《やましたあきな》と会う約束をした。

休日の昼下がりに、お洒落《しゃれ》なレストランで待ち合わせをする。

そこは、パスタやミルフィーユカツなど、バラエティ豊かなメニューが売りの店だった。たっぷり迷った結果、侑依はミルフィーユカツを注文した。

そして、料理が運ばれてきたのを機に、今、冬季と住んでいると打ち明けたのだ。

それに対し、友人の返事は実にあっさりしたものだった。

侑依は意を決して言ったというのに、ふーん、という感じで拍子《ひょうし》抜けする。

「もっと何か言われるかと思ってた」

明菜と会うのは久しぶりだった。

彼女は大きな会社で働いており、いつも忙しくしている。最近では重要な企画のチームリーダーを任されたらしい。

なかなか会えない彼女からの誘いは嬉しくて、休日出勤の冬季を見送った後、急いで家のことを済ませてやって来たというわけだ。

彼女は侑依が離婚に至った理由を知っており、いろいろと話を聞いてもらっていた。時に厳しいことも言われたが、侑依を思っての発言だとわかっている。

明菜には離婚した後、散々心配をかけた。

だからこそ、冬季と復縁を考えていると、自分の口からきちんと報告しようと思った。

侑依は、食後のコーヒーを飲んでいる時に告げた。

「そう。いいんじゃない。結局、侑依は私が何か言ったところで、自分が信じた道を突っ走るんだし」

大きな重りがゴンッと頭に落とされたようで、侑依はガックリと項垂《うなだ》れる。

「だってそうでしょう？　私は侑依が離婚するって言った時、絶対しない方がいいって言ったよね？」

「ハイ……」

確かに言われた……

侑依はさらに顔を下へと俯《うつむ》かせる。

「でも、復縁したいって言うなら、それもしょうがないっていうか。だってもう、一緒に暮らしちゃってるんだもんね」

　ははは、と緩《ゆる》く笑った明菜に、侑依はようやく顔を上げた。

「そうね、明菜の言う通りだわ」

「あ、開き直った？」

「そりゃあ、開き直るよ。だって結局は、私がいろいろとわがままを言った結果だから」

　そう言って、笑みを浮かべる。

「もうなんとでも言ってください。ちゃんと受け入れるから。……でも、もう冬季さんとは別れない。何があっても、絶対に」

　明菜は、今度はにこりと微笑み、そう、と言った。

「ならいい。もういい大人なんだし、十代の子供みたいな恋愛観は捨てないとね。正直今も、口ではそう言う侑依が心配だけどね」

　明菜はいつも大人な態度で、厳しく叱責《しっせき》してくれたり、相談に乗ってくれたりする。侑依にとって、とても貴重な存在だ。

　本当に、大好き。

「ありがとう。明菜にはいつも感謝してる」

「どうだかねぇ」

「本当だよ。明菜は、好きなら離婚すべきじゃないって言ってくれたのに、私は自分が苦しいばっかりに、その言葉の意味をちゃんと考えなかった……」

あの時、自分がもっと強かったら、結果は違っていたかもしれない。

寂しい、辛いと、意地を張らずに冬季に伝えることができていたら……

侑依はいつも、気付くのが遅い。

「侑依は……きっと回り道を選ぶんでしょうね」

しみじみといった様子で明菜が口を開いた。

「それで泣いて後悔して、もう一度立ち上がって間違いを修正する。それを批判する人もいるだろうけど、いいじゃない。そんな人、世の中にはたくさんいるし。それに、生きてるって許されてるってことでしょ？」

にこりと笑った明菜がカップのコーヒーを飲み干し、テーブルの上で腕を組んだ。

「人は、人が言うほど完璧じゃない。侑依のことを責める人もいるかもしれないけど、そういう人だって、案外ダメだったりするのよ。それに、失敗に気付いた後、自分で道を修正できるって凄いと思う。そこは私、侑依のこと評価してるのよ。じゃなきゃ、ずっと友達してないわ」

明菜の言葉は彼女らしく優しかった。それが、胸に沁《し》みる。

確かに侑依は周りから見れば幼稚でバカなことをした。

一時の感情で突っ走り、たくさんの人に迷惑をかけてしまったことを後悔している。

だからこそ、次は間違いたくない。

きっと冬季とはこれからも喧嘩をする。でも、それ以上に笑い合っていきたい。

それができる今の幸せを大切にして、もう二度と失いたくないと思う。

「ありがとう、明菜」

「いいえ。頑張ってね。相手の両親とか、侑依の両親とか、すぐに認めてもらえなくても、諦めずにきちんと向き合うんだよ」

「うん、ありがとう」

侑依は明菜に笑みを向けながら、内心でため息をついた。

なぜなら冬季の母が彼にお見合いをすすめてきたことを思い出してしまったからだ。

もともと侑依との結婚に反対していた義母のことだ、これ幸いととびきりの女性を見つけてきたに違いない。

もしこのことを明菜に相談したら、なんと言っただろうか。

彼女のことだから、そんなの無視しておけばいいとでも言いそうだ。

『復縁を考えてくれてるんだから、侑依一筋に決まってるじゃん』と、呆れた顔を向けてくる明菜が目に浮かんで、ちょっと笑えた。

侑依は、くじけそうになる心を奮《ふる》い立たせる。

この先もずっと冬季と一緒に生きていくために、こんなことでへこたれてなどいられない。

近いうちに改めて、冬季と一緒に彼の両親、そして侑依の両親に話をしに行こうと思った。

明菜の言う通り、たとえすぐに認めてもらえなくても、これからのために復縁する意思をきちんと伝えなければならない。

凄く気は重いが、応援してくれる人もいるのだから。

侑依はそう胸に誓いながら、明菜との時間を楽しむのだった。

＊　＊　＊

明菜と別れた後、侑依はスーパーに寄り夕食の買い物をした。

今日は温かい料理を作ろうと思い、シチューの材料を買ってマンションへ向かう。

ようやくマンションの前までたどり着いた時、後ろから名前を呼ばれた気がして振り向いた。

「……やっぱり、侑依さん」

そこにいたのは、冬季の母親だった。

侑依は目を見開き、近づいて来る彼女を見つめて、身を強張《こわば》らせた。

「本当だったのね、冬季と一緒に住んでるっていうのは」

「……ご無沙汰しております」

侑依はそれだけ言って、頭を下げた。

顔を上げると、はあ、とあからさまなため息をつかれる。

「あなた、どうしてまた冬季と一緒にいるの？　あの子と離婚したんでしょう？　何があっても絶対に会わないで、と言ったわよね？」

矢継《やつ》ぎ早に責められて、侑依はただ小さくなるしかなかった。

確かにそう言われていたし、自分もそうしようと思っていた。

だが結局は、離婚した後も定期的に仕事場にやって来る冬季と会い、求められるまま関係を続けていた。

そして、紆余曲折《うよきょくせつ》の末、今はまた一緒に住んでいる。

「はい。ですが……二人で話し合って、もう一度やり直すことに決めたんです」

「やり直さなくていいわ。あなたよりよっぽど、あの子に相応《ふさわ》しい人がいるのよ。どうか、もう一度離れてくれないかしら」

はっきりとものを言う人だ。そういうところは、冬季と通じるものがあった。

冬季の手を離した侑依を信用できないのは理解できる。

自分は、それだけのことをしてしまったのだから。

けれど、どんなに相応《ふさわ》しい人がいても、侑依はもう冬季と離れる気はなかった。

たくさんの人に迷惑をかけて、迷って悩んで出した答え——

冬季の思いや自分の気持ちに、もう嘘はつけなかった。

自分の心から目を逸《そ》らし、愛していると言われるたびに胸が苦しかった。

でも、彼ともう一度やり直すと決めたことで、ようやく解放された気がする。

「それはできません。離婚したことで、冬季さんに迷惑をかけてしまったこと、本当に申し訳なかったと思っています。それでも彼は、間違ってしまった私を望んでくれました。だから私も、今度こそきちんと、冬季さんの気持ちに応《こた》えていきたいと思っています」

今の侑依にできるのは、自分の気持ちを真摯《しんし》に伝えることしかない。

少し距離を置いて向き合う冬季の母は、侑依に厳しい眼差しを向けている。

「間違いを犯すような人と、もう結婚して欲しくないの。なぜ離婚したか、その理由を冬季は頑《がん》として言わなかったけれど、私はあなたたちの釣り合いが取れていなかったからだと思っているの。価値観が違えば、それだけすれ違うことも増えるわ」

そこまで言った彼女は、声のトーンを上げて一気にまくし立てた。

「その点、今度のお見合い相手は、冬季と同じ弁護士を目指しているし、あなたより冬季を理解してくれる方よ。冬季のためを思うなら、身を引いてくれないかしら、侑依さん」

冬季のためと言われても、侑依はただ首を横に振ることしかできない。

「同じ価値観とか、仕事への理解とかを、彼は結婚に求めてはいないと思います。確かに私は間違いを犯しましたけど、それだけはわかります」

冬季の母が言うこともわからないではない。

冬季と一緒にいて自分とは住む世界が違うと感じたことは何度もあったし、同じ弁護士なら侑依ではわからない仕事の話もできるだろう。

でも、侑依は冬季と、冬季は侑依と出会ってしまったのだ。

出会った瞬間、恋に落ちた。

些細《ささい》な衝突を繰り返しつつも、理解を深め愛し合った。

短い期間ながらも、互いに強く求め合い、自然と結婚という答えに行きついた。

彼を愛するがゆえに、一度は間違ってしまったけれど、それも全て、侑依が選んだ人生の一部なのだ。

「……お義母《かあ》さんの言うことはもっともだと思います。ですが……」

一度言葉を切った侑依は、義母の顔をまっすぐ見つめて言った。

「冬季さんが、私を愛していると言ってくれるうちは、自分から彼の傍を離れることは、決してありません」

冬季の母は眉間に皺《しわ》を寄せ、侑依をきつく睨《にら》んだ。

その視線に、彼女の強い怒りを感じる。

だが、その激情を抑えるように大きく息を吐いた後、彼女が口を開いた。

「あなたが何を言おうと、冬季には相手の女性と会ってもらいます。あの子は、侑依さんがいるから見合いはしないと言ったけれど、私はあなたともう一度やり直すなんて無理だと思ってるの。別れてくださらないなら、こちらもいろいろと考えましょう。もともと、あなたとの結婚は反対だったのだしね」

面倒くさそうに髪の毛を耳にかけた義母は、挨拶《あいさつ》もせずに侑依に背を向けて去っていく。

その背が見えなくなるまで見送った侑依は、マンションのエントランスへ入り自動ドアを開けた。

買ってきた食材をリビングの床に置きながら、ソファーに座って一息つく。
「お義母《かあ》さんに言いたいこと言えたの、初めてだな」
すぐに認めてもらえるとは思っていない。
かなりキツいことも言われたけれど、これは最初に関係を壊した侑依のせいでもある。
だから、きちんと呑み込んで消化していかなければならないだろう。
少しずつでも、認めてもらえるようにこれから努力していくしかない。
今日、冬季の母親と会ったことで、侑依の決意が固まった。

——何があっても、彼と一緒にいる。

侑依は床に置いた食材を持って立ち上がり、キッチンへ向かうのだった。

＊　＊　＊

冬季はその夜、早く帰ってきた。
早くと言ってもすでに夜の九時を過ぎている。いつもながら忙しい人だなと思いつつ出迎えると、彼は玄関の床に通勤用のバッグを置いて首を動かした。

「疲れてる?」

「今日はデスクワークが多くて、肩がね」

「そう。今日はシチューなんだけど、どうする? 事務所で食べてきた?」

侑依は彼のブリーフケースを持ち上げた。いつもながら重いそれをリビングへ運ぶ。

「ああ、軽く。でも小腹が空《す》いてるから、食べようかな」

「じゃあ、すぐに温め直すね」

「ありがとう」

冬季はネクタイを緩《ゆる》めながら、いつも食事を取るテーブルへ座った。侑依は彼の椅子のすぐ近くにブリーフケースを置くと、キッチンに向かう。

冬季はブリーフケースの中から書類を取り出し、ぱらぱらと確認している。彼はいつもそうするので、侑依は受け取った時は彼の傍に置くようにしていた。

以前の生活がまた日常になる。

「ため息? どうした?」

クスッと笑いながら冬季が書類から顔を上げる。侑依も笑って、常套句《じょうとうく》のように答えた。

「ただの深呼吸ですよ」

「そうか。まぁ、今日は僕もため息をつきたい気分かな」

「どうして？」

「本当にデスクワークが多かった。ずっと座っているのは疲れる」

「私はずっとデスクワークばかりよ？」

侑依は笑ってそう言った後、温まったシチューを皿によそい、スプーンとともに冬季の前に置いた。

もちろん、お茶も忘れずに添える。

「どうぞ」

「ありがとう。珍しいな、侑依がシチューなんて」

「なんだか、急に食べたくなっちゃって」

さっそくスプーンを手に取った冬季は、いただきますと言ってシチューを口に運ぶ。

「美味《おい》しい」

「よかった」

「疲れが飛びそうだ」

「もう、大袈裟《おおげさ》だし……あ、ちゃんとニンジンも食べてね」

冬季は一瞬眉を寄せたが、ニンジンをスプーンですくい、黙々と食べていく。

「そんなにニンジンばかり一気に食べなくても……」

「本当に嫌いなんだよ」

ニンジンを全て食べ終わると、冬季はおもむろにお茶を手に取り、ごくごく飲んだ。

はーっ、と息を吐いて、侑依を見つめてくる。

「侑依は、今日はどう過ごしてた？」

「え？」

「今日は一日、平和だったか？　できるだけ早く帰ろうと思ったけど、やっぱり遅くなってしまった」

前に一緒に住んでいた時は、もっと遅くに帰ってきていた。

侑依が寝た後に帰ってくることも多くて、弁護士という職業は忙しいのだと思ったものだ。

でも最近の彼は、以前に比べるとずいぶん早く帰ってきていると思う。

この前は一緒に食事もできた。

「無理してない？　冬季さん」

「そうだな……多少は」

微かに苦笑する冬季に、侑依は眉を下げた。

「私のために無理はしないで欲しい。私はずっと、ここにいるから」

彼は、離婚する前、忙しくて家に帰ってこられなかったことを、侑依が思う以上に、後悔しているのかもしれない。

「わかってる。ごめん、本音が出た……。でも、少しでも早く帰って君の顔が見たいと思っているのは本当なんだ。もう一度、こういう生活に戻りたいと思っていたから」

そう言って、冬季は穏やかに微笑む。

そんな彼を見て、侑依の胸が痛んだ。

自分は大切なこの人を、どれだけ深く傷付けてしまったのだろう――

これは、一生をかけてでも侑依が償《つぐな》っていかなくてはならないものだと、改めて感じた。

「侑依、僕はもう君と離れたくない」

「もう、離れないよ」

ぽつりと零された冬季の言葉に、即座に答える。

「……どんなに仕事を評価されても、誰もいない部屋に帰るのは虚《むな》しかった。君がいるから、僕は頑張れるんだ。今ここに君がいてくれる――それがどれだけ幸せなことか、本当の意味で気付いた」

冬季の言葉が嬉しかった。と同時に、以前の侑依も、気付けなかったことがあった。

最初の結婚後、冬季が忙しくなくなったのは、きっと家族となった侑依のため、今まで以上に仕事を頑張ってくれていたからだろう。

なのに自分は、見当違いな不安を募《つの》らせてしまったのだ。

「冬季さん」

彼の母親には、侑依と冬季がもう一度やり直せるとは思わないと言われた。

でも、お互いに変わろうとしている。

これからずっと一緒にいるために、考えを改め、何があっても揺るがない気持ちを育てようとしている。

確かに侑依はバカなことをしてしまったけれど、全てがダメなわけじゃなかった。

今までのことがあって、今の冬季と侑依があるのだから。

——やり直せないなんて思わない。彼と一緒に生きていきたい。

「私も冬季さんと、ずっと一緒にいたい」

「侑依……」

微笑んだ彼を見て、侑依もまた微笑んだ。

「あのね、冬季さん……できればお見合い相手とは、会わないで欲しい」

何があっても揺るがないと、決意したけれど……やっぱり、わがままを言ってしまう自分に、ちょっと落ち込んでしまう。

でも、これが自分の本心だから仕方ない。

「当たり前だ」

彼はテーブルに置いていた侑依の手の上に、自分の手を重ねた。

「僕が愛しているのは、君だけだ」

その言葉に笑みを深め、侑依は彼の手を握り返す。

「ありがとう、冬季さん。……来週は旅行ね。すごく楽しみ！」

「ああ、僕もだ」

「シチューが冷めちゃうよ？」

冬季は頷いて、シチューを食べ始めた。

7

——旅行当日。

冬季は、一睡もしないで北海道へ向かうことになった。

というのも、事務所の所長が抱えている案件でトラブルが起こったらしく、所員全員で問題解決に当たっていたらしい。

事前に連絡はもらっていたけれど、必ず帰ると電話があったきり深夜になっても帰ってこない冬季に、侑依は気が気じゃなかった。

結局、冬季はぎりぎりまで情報収集や資料作成を手伝ってから、明け方になってマンションに帰ってきたというわけだ。

そのままバタバタと空港に向かい、今は飛行機の中。

「冬季さん、大丈夫？」

今日の彼は眼鏡をかけている。

寝ていないため、痛くてコンタクトレンズが入らなかったらしい。

パッケージから出したばかりのものを、洗面所で捨てているのを見た。

「せっかくの旅行なのに、こんなことになって悪かった……」

「それはいいけど、少しでも眠ったらどう？」

「いや、なんだかまだ気が張ってるみたいで、眠れそうにない」

深いため息をつく冬季に、侑依は心配になってしまう。

坂峰製作所にもたまに夜勤があるが、侑依の仕事は事務なので、基本夜勤になることはない。

だから冬季のように不眠不休で働くなんて経験はなかった。

だが、眠ってないのに眠れないのは深刻だ。

「お酒とか飲んでみたらどうかな？」

「え？」

「お酒飲んだら、眠れるんじゃない。小さいビールだったらすぐ飲めるだろうし、ちょっとした睡眠薬がわりに」

飛行機でお酒はあまりすすめたくないが、気が張っているというのなら効果があるかもしれない。

そう思って提案してみたのだが、冬季は首を横に振った。

「あまり機内で飲みたくないな。海外へ行くのならまだしも……」

そう言ってまたため息をつく冬季に、侑依は眉を下げて心配する。

「肩を貸してくれ、侑依」

侑依たちは、一番後ろの窓側の席を二つ取っていた。

こういう状況では、この席にしてよかったと感じる。

「ん、いいよ。それで冬季さんが眠れるなら」

「君に寄りかかっていたら眠れそうだ」

ふっと笑った彼は、眼鏡を外し侑依の肩に頭を預けた。そして目を閉じる。

すぐ傍にある彼の顔を見て、やっぱりこの人は美形だな、と侑依はしみじみ思った。

長い睫毛《まつげ》やすっと通った綺麗な鼻筋。唇の形も整っており、まるで小説の中に出てくる美青年そのもののようだ。

自分で考えてじわじわと恥ずかしくなってきて、顔が熱くなってくる。

「侑依」

まだ起きていたらしい冬季が、目を開けて侑依を見上げてきた。

こんな風に彼から上目遣いで見られるのは初めてで、さらに顔が熱くなり、ドキドキと心臓の鼓動が大きくなる。

「な、何？」

答える声が、なんだか上擦ってしまう。

「なんで顔が赤い？」

「えっ⁉」

思わず目を泳がせる。

すると彼は、微かに笑い、もう一度目を閉じた。

「起きたら君とキスがしたい」

こんなところで突然何を言い出すのだ、と思っていると、小さな寝息が聞こえてきた。

先ほどまで気が張って眠れないと言っていたのに、こんなにすぐ眠ってしまうなんて……

侑依は笑みを浮かべて、冬季を見つめる。

まるで子供みたいな眠り方をする彼の髪に軽く触れ、侑依はホッと息を吐いた。

大好きな彼と、また旅行ができる。

もう二度とできないと思っていたのが、今は昔のようだ。

侑依は眠る彼を起こさないように、そっと持ってきた小説のページを開く。

耳元に冬季の規則正しい寝息を感じて、幸せだと思うのだった。

空港に降り立つと、冬季は少し眠ったせいか顔色がよくなっていた。

侑依が肩を貸してくれたおかげだ、と言われて、なんだか胸がくすぐったくなってしまう。

＊＊＊

空港から札幌《さっぽろ》へ出るには、バスか電車の二つの方法がある。

侑依たちは、より早く札幌に着く電車を選んだ。冬季が手配したホテルは駅直結で、以前来た時にも泊まったところだった。

凄く利便性がよかったし、部屋や食事、サービスにも非常に満足した記憶がある。

札幌駅に着くと、冬季はすぐにホテルへ向かった。

十二時のチェックインにはまだ三時間近く早い。なので、荷物だけ預けるのだと思っていたら、彼はアーリーチェックインを手配していたらしく、すぐに部屋に入ることができた。

「あれ、この部屋……なんか見覚えがある」

フロアの一番奥にある、ツインルーム。

中央にセミダブルのベッドが二つ並び、小さなテーブルと二脚の椅子が置いてある少し広めの部屋。

窓が二つ、テーブルが置かれた壁面とベッドサイドについている。

大きな窓から見える景色に見覚えがあり、侑依は窓辺に駆け寄った。

前に来た時は吹雪《ふぶ》いていたけれど、窓から見えた建物は今も覚えている。

他にすることもなく、シャツを羽織っただけの恰好でずっと窓の外の景色を見ていたのだ。

それもあって、余計に記憶に残っているのかもしれない。

「以前泊まった時と同じ部屋が空《あ》いていたから。思い出の部屋ってわけだ」

そう言いながら、彼は侑依の隣に来てクスッと笑った。

「もう一度、あの時みたいな時間を君と過ごしたいものだな」

耳元で囁《ささや》かれて、頬が熱くなるのを感じる。

あの時は、部屋からほとんど出ないでずっと抱き合って過ごした。

まさにセックス三昧《ざんまい》という状況だった。

行為の合間に飲むミネラルウォーターがとても美味《おい》しくて、ホテルの水はこういう時のためにあるのかと思ったくらい。

「だめ、今回は観光するんだから」

火照《ほて》る顔を意識しながら、侑依は冬季に向かって言った。

「今日は時計台を見に行って市内観光するんだし、夜はカニ会席のお店を予約してるんでしょ?」

そこで侑依は、冬季が徹夜で仕事をしてきたことを思い出す。

「でも、もし疲れてるなら……」

「疲れてるなら?」

にこりと笑みを浮かべる彼の表情を見るに、寝不足は大丈夫そうだと思った。

「大丈夫そうなら、やっぱり出かけたいな。赤レンガ庁舎はここから歩いて行けるし、お昼にラーメン食べたいし……」

「大丈夫そうなら?」

そう言って、彼は侑依に身を寄せてくる。侑依を腕の間に閉じ込めるように窓の縁に両手をついた。

抱きしめられるみたいな体勢で、背中に冬季の体温を感じる。

彼の香りが鼻孔をくすぐり、侑依の心臓がドキドキと高鳴っていく。

「できたら今日は、ゆっくりしたい。カニ会席は夜だ。時計台は明日でもいいだろう?」

侑依はほんの少し頬を膨らませた。

「少し休んだら、出かけようよ。だって、そのために北海道に来たのに……観光、するよね？」

「どうしようか……君とこうするのも、かなり久しぶりだから」

そう言って冬季は、侑依の頬にキスをした。チュ、というリップ音に、心臓がさらに跳ね上がる。

確かに、冬季とこういうラブな雰囲気になるのは久しぶりだった。

「君は観光に行きたいんだろうけどね、侑依」

彼は反対の頬にも同じようにキスをし、唇を侑依のそれに軽く触れさせる。そして、間近からにこりと微笑みかけた。

「僕は、君と抱き合って少し休みたい」

冬季は明け方まで仕事をしていた。そのまま休まず旅行に来たのだから、平気そうに見えても疲れているのかもしれない。

「だったら、ちゃんと寝た方が……」

「君と寝たい」

冬季は侑依の首筋にキスを落とし、腰骨を撫でてくる。

そのセクシャルな触れ方に、侑依の身体がピクリと震えた。

「冬季さん……、疲れてるんじゃないの……っ」

侑依の臀部《でんぶ》に彼の大きな手が触れ、そこを掴《つか》むように強く揉《も》まれて息を詰めた。

「んっ……」

はぁ、と熱い息を吐くと、彼が耳元で笑った。

そのまま唇を近づけてきて、柔らかくしっとりしたものが重なってくる。

「……っ」

息を詰めたのと同時に唇を啄《ついば》まれ、舌先で隙間を撫でられた。

自然と口を開けると、すぐに口腔《こうこう》へ彼の舌が入ってくる。

濡《ぬ》れた音が耳の奥で響き、ゾクリと身体が震えた。

絡《から》められる舌に応《こた》えようとするけれど、あっという間に翻弄《ほんろう》されてしまう。

唇をずらしては息を吸い、すぐにまた深く重ねる。それを繰り返すうちに互いの唾液が唇を濡《ぬ》らしていった。

口内に溢《あふ》れるどちらのものともつかない唾液を、侑依はこくりと呑み込んだ。

不意にキスが途切れ、侑依の口から小さな声が漏《も》れた。

「あ……」

「君の身体も熱くなってる」

冬季の手が、ウエストラインを撫で、尾骨に触れてくる。

「ん……」

再び音を立てて唇を吸った後、彼は侑依のブラウスをウエストから引き出した。

今日の侑依は、たくさん歩くと思ってパンツスタイルをしている。冬季はパンツの前ボタンを外し、ジッパーを下げた。

「待って……まだするって、言ってない」

「君の顔はそうは言ってないけどな」

冬季はそのまま侑依のショーツの中に手を入れてくる。

侑依は今日、何度目かの熱い息を吐き出した。

彼が躊躇《ためら》いなく侑依の秘めた部分に指を這《は》わせ撫でてくる感触に、否応《いやおう》なく体温が上昇する。

「冬季さん、眠ってないんでしょう、だったら……っあ！」

くちゅり、と侑依の中に彼の指が入ってきた。

その刺激だけで、侑依の身体は彼を受け入れるための潤《うるお》いを増していく。

「君の中は、準備ができているみたいだが」

久しぶりの触れ合いを喜んでいるのは侑依も一緒だ。そんな風に触れられれば、侑依だって抗《あらが》えなくなってしまう。

「もうっ！　観光、しに来たのに……っ」

侑依が文句を言う間も、彼の指は的確に侑依の弱いところを攻めてきて、ショーツの中から湿った音が聞こえてきた。

「するなら、脱がせて……っ」

堪《たま》らず侑依がそう言うと、彼は服の上から胸を揉《も》みしだき、先端をきゅっと摘《つ》まんだ。

「あっ……ん」

胸をいじりながら、冬季の指は侑依の中を刺激し続ける。

耳を塞《ふさ》ぎたくなるほど水音が大きくなっているのは、侑依がそれだけ感じているからだ。

下腹部に痺《しび》れるような、思わず身体を縮めたくなるような疼《うず》きが渦《うず》巻いている。

侑依は冬季の腕を掴《つか》み、堪《こら》え切れない声を漏《も》らした。

「いい声だな、侑依」

彼は指を侑依の中から引き抜き、下着と一緒にパンツを引き下げた。

立ったまま下半身を露《あら》わにされ、ふるりと身体が震える。

冬季はブラウスの上からブラジャーのホックを外して、唇を近づけてきた。

「んんっ……」

啄《ついば》まれたかと思うと、少しだけ開いた唇から舌が入り込む。

覆《おお》いかぶさるように深く口づけられて、息苦しさに喘《あえ》ぐ。

こうも執拗《しつよう》に唇を貪《むさぼ》られると、後で腫《は》れそうだ。

飽《あ》きることなくキスを繰り返すうちに、侑依は膝までショーツとパンツを下ろされていた。

濡《ぬ》れた音を立てて唇が離れたかと思うと、彼は侑依の肩を掴《つか》み後ろを向かせる。

そのまま侑依は、腰を突き出す格好で窓の縁に手をつかされた。

「もっと腰を突き出して」

忙《せわ》しない息を吐いていた侑依は、思わず息を詰める。

「侑依、僕のが欲しくないのか？」

そう言って冬季は、侑依の中に再び指を入れてきた。それが一本じゃなく二本とわかったのは、それだけ隙間が広げられたから。

「や……っん」

「侑依」

掠《かす》れた声で名前を呼ばれる。

冬季の方こそ入れたいんじゃないのか――そう思って、侑依は後ろへ手を伸ばし彼のモノに触れた。

そこは、はっきりと布地を押し上げ、存在を主張している。

「そっちだって、私が欲しいんでしょう？」

「当たり前だ。君の中に入りたくて堪《たま》らない。だから侑依、もっと腰をこっちに出して」

「……っ、冬季さんが引っ張って……っん」

中で指を軽く曲げられ、びくりと腰を揺らしてしまう。

侑依は窓の縁に両手をついて、震える身体を支えた。

彼が欲しくて、中が疼《うず》いて堪《たま》らない。

「ゴム、ある……？」

「ああ、ポケットにある」

彼は侑依の首筋にチュッとキスを落とし、うなじにも同じようにキスしてから、舌を這《は》わせた。

「は……っ」

侑依は無意識に腰を揺らし、息を詰める。

冬季は胸を揉《も》みしだいた後、侑依の腰を掴《つか》んで引き寄せ尻を突き出させた。

すぐにピリッと何かを破る音が聞こえ、トン、と隙間に当てられたのは冬季のモノ。

「あ……もう？」

侑依がそう言った直後、身体を押し開きながら冬季が入ってきた。

「あぁ……っ」

ため息のような声を出しながら、身体の奥まで彼を受け入れる。

冬季は、まるで余裕がないみたいにすぐに激しく腰を打ち付けてきた。

「あっ！　もっと、ゆっく、り……っ」

片方の手で侑依の腰を、もう片方の手で肩を掴《つか》み、身体の奥を突いてくる。

「できない……っ」

できれば、もっとゆっくりして欲しいと思う。

けれど、冬季のこの激しさが、それだけ強く侑依を欲しているのだと伝わってきて嬉しくなる。

激しく腰を動かしながらも、彼は的確に侑依の感じるところを突いてきた。

だから、すぐにイキそうになってしまう。

「ふゆ、きさ……っだめ……っあ！」

彼の動きに合わせて、侑依の身体も大きく揺さぶられた。

まだ日が高いのに、窓に手をつき半裸で尻を突き出している。

今にも脚から力が抜けそうで、侑依は必死に腕に力を入れて身体を支えた。

冬季が腰を掴《つか》んでいなかったらきっと立っていられなかっただろう。

彼のモノが出入りするたびに、侑依の中から蜜が溢《あふ》れ、腿《もも》を滑って滴《したた》り落ちていく。

ホテルの部屋に、互いの息遣いと身体のぶつかる音、そして淫《みだ》らな水音が響いた。

「あっ、もう……っ」

限界の近い侑依は、彼をきつく締めつける。

「侑依、まだだ……っ」

冬季は腰の動きをゆっくりにし、角度を変えて侑依の快感を煽《あお》ってきた。

そうしながら、的確に中の感じるところを刺激してくる。

それだけでも堪《たま》らないのに、彼は背後から胸を揉《も》み、硬く尖った先端を摘《つ》まんだり、深く繋《つな》がった部分を撫でたりするのだ。

さらには、繋《つな》がりの少し上にある敏感な部分を指で転がされ、侑依は嬌声《きょうせい》を上げつつ強い疼《うず》きに耐える。

侑依は無意識に大きく腰を突き出し、より深く快感を得ようと身体を揺らした。

気持ちいい、と心から思う。

自分では抗《あらが》えない感覚に翻弄《ほんろう》されながら、侑依は全身で冬季を感じていた。

まだだ、と言われたけれど、奥を突かれたらもうダメで……

侑依は喘《あえ》ぎ声を上げて達してしまった。

「あっ……あぁん！」

「侑依……っん！」

中がキュッと収縮し、彼を強く締めつける。

次の瞬間、冬季もまた達したようだ。腰を震わせ、より深く侑依の中を穿《うが》ってくる。

最奥《さいおう》に届いた彼の感触に、身体がジンと痺《しび》れた。

まだ硬さの残る彼を身体の中に感じる時、冬季は自分のものだと実感できる。

「最後の、締めつけは参ったな……つられて、イッてしまった」

乱れた息を整えつつ、冬季は侑依のうなじにキスをした。

そして、ゆっくりと自身を引き抜く。

彼の形に広げられていた内部が、寂しげにうごめくのを感じながら、侑依は身体を起こして彼の方を向いた。

「冬季さん……」

侑依の方からキスをすると、彼の唇が笑みを浮かべる。

無言でキスを繰り返す侑依に、冬季はお返しとばかりに唇を甘噛みし、深く舌を挿し込んできた。

「ん……っん」

鼻にかかった息を零《こぼ》しつつ、侑依は冬季の首に腕を巻き付けキスに溺《おぼ》れる。

こういうキスも久しぶりで、夢中で彼の唇を貪《むさぼ》った。

「あ……っんぅ」

中途半端にパンツとショーツを脚に引っかけたまま、侑依は子供みたいに冬季に抱き上げられ、ベッドの上へ連れて行かれた。

すぐに覆《おお》いかぶさってくる彼の重みが気持ちよくて、小さな喘《あえ》ぎ声を出してしまう。

「は……っん」

「さっきから甘い声を出してばかりだな。観光はもういいのか？」

クスッと笑いながら、音を立てて唇を啄《ついば》んできた彼は、侑依の顔を覗《のぞ》き込んでくる。

「……冬季さんが、悪い」

「どうして僕が？」

「先に襲った……久しぶりだったから、凄くよかった」

彼の頬に触れると、上から大きな手で包み込まれる。重ねられた彼の手が熱い。

まだ冬季も熱が冷めていないのがわかって、侑依は小さく微笑んだ。

「まだ、したい？」

「……その前に、ゴムを替えないと」

名残《なご》り惜しくて、彼の身体から手を離さずにいると、指先にキスされた。侑依から離れた彼は、手早くゴムを取り去り新しいものを着け直す。

冬季の快感の証《あかし》を目にして、侑依はなんだか幸せを感じた。

大好きな人が侑依の身体で達して、また抱こうとしてくれている。

彼が自分を諦めないでいてくれたのは奇跡だ。

もし、今でも侑依が意地を張っていたら、冬季は他の誰かと結ばれ、快感の証《あかし》を放っていたかもしれない……

そうならなくて本当によかった。彼が、侑依の唯一の人のままでよかった。

大きく息を吸って、ゆっくりと吐き出す。

戻ってきた彼は首を傾《かし》げつつ、再び侑依に覆《おお》いかぶさってきた。

「どうした？」

「深呼吸」

いつもと変わらない返事をして彼を見上げる。

そんな侑依にフッと笑い、冬季が唇の端にキスをした。

「幸せの深呼吸か？」

「もちろん」

「そうか、僕も……幸せだ。まぁ、観光は……今日は諦めてくれ」

ああ、今日は観光しないのか、と侑依は心の中でため息をつく。

でも、結局は彼のことが好きだから、受け入れてしまう。それに、お互いに気持ちよくなれるセックスという愛の交感が好きだった。

「キスしたい……それから、コレ、脱がせて」

侑依が指さしたのは中途半端に脚に絡《から》まっている、パンツとショーツ。

彼は苦笑して、侑依の脚からそれらを引き抜く。

「僕も下だけ脱ごうか？」

「変態みたい……ってウソ」

彼ならたとえどんな姿でも、きっとドキドキしてしまうだろう。イイ男だから。

冬季は肩を竦《すく》め、とりあえずとばかりにシャツを脱いだ。

「そうなるのは、君限定だがな」

　そう言って、侑依の脚を開きながら身体を近づけてくる。

「入れて大丈夫だな？　侑依」

　心臓が一気に高鳴る。

　頷きながら、侑依も彼を受け入れるため身体から力を抜いた。

「今度はゆっくりする。君の胸も揉《も》みたいし、隅々まで味わいたい」

　ゆっくりと、侑依の入り口に彼の昂《たかぶ》りがトン、と当たる。

　冬季は馴染《なじ》ませるみたいに何度か行き来させた後、侑依の中に先端を挿し入れた。

「は……っ」

　一際強く高鳴る鼓動と、期待に疼《うず》く身体。

　まるで待っていたみたいに身体の奥まで冬季を呑み込み、包み込む。

「吸い付くようだ……」

　熱い吐息とともにそう漏《も》らした彼は、ユルユルと抜き挿しし始めた。

　観光には行きたいけど、ずっとこうしていたい気もする。

　この気持ちよさには抗《あらが》えない。

　冬季とのセックスに歓喜し、与えられる快感に素直に悦《よろこ》びの声を上げる侑依だった。

8

――結局、一日目は観光できなかったな。

侑依はまどろみの中、明るくなってきた空を感じてそっと目を開ける。

「…………あさ、だ」

大きく息を吸って、ひんやりとした空気を肺に取り入れる。

そして、隣に視線を向けると、規則正しい寝息を立てる、整った男の顔。

手を伸ばそうとして躊躇《ためら》い、また伸ばしてそっと頬に触れる。

そうしても起きない彼は、かなり眠りが深いのだろう。

徹夜で飛行機に乗り、ホテルに着いてからは半日近く侑依を抱いていたのだから、当然かもしれない。

しかも、夜は予約していたカニ会席を食べに出かけたのだ。

これでもかというほど贅沢《ぜいたく》なカニ料理の数々だった。まさにカニ尽くしといった感じで、許容量以上に食べてしまいお腹が苦しいくらいだった。

ホテルに帰ってきたら、食後の運動とばかりにまた冬季とセックス。激しくはないけれどゆっくりと感じさせられ、互いに乱れた挙句に二回目に突入した。

そして、終わると同時に、二人揃ってぐっすり寝入ってしまったのだ。

朝の弱い侑依と違って、寝起きのいい冬季にしては珍しく熟睡している。

今なら何をしても平気そうだと思うくらい。

「冬季さん」

侑依は、規則正しく上下する彼の胸に頬を寄せた。

彼のことが本当に好きだと、再認識する。

自分はもう、この人なしでは生きていけない。眠る彼の癖のない髪に触れながら、侑依は奇跡のような幸せを噛みしめた。

そして、この先何があっても、絶対に彼の傍から離れないと再度心の中で誓う。

「幸せ」

一言つぶやいて、侑依は彼の唇に指を這《は》わせ、小さくキスをする。

それでも起きない冬季に、侑依は小さく笑った。

時計を見ると、朝の五時半。午前中から出かけるにしても、まだ少し早い時間だった。

今日こそは、彼と一緒に観光をしよう。

そう決意しながら、侑依はもう一度目を閉じるのだった。

＊　＊　＊

冬季が起きたのはそれから二時間後のことだった。

目覚めるとともにシャキッとして、ベッドの上で伸びをする姿を横になったまま眺める。

張りと厚みのある胸板や硬く引き締まった腹筋がもの凄くセクシーだ。

彼の裸は何度も見ているし、昨日は散々触れたというのに、侑依の心臓がドキドキと音を立て始める。

「おはよう、侑依」

侑依の頭を撫でながら柔らかく微笑む彼に、うっとりしてしまう。

「おはよう冬季さん」

昨日あんなに抱き合ったのに、彼が欲しいと思った。

「今日は君の要望通り、市内観光に行くんだろう？」

「……うん」

「歯切れが悪いな」

ふっと笑った冬季は、侑依の頬を撫でてそこにキスを落とす。

侑依は冬季の首に手を回して彼を引き寄せ、自《みずか》ら唇を奪った。

「ん……っ」

小さく水音が立つ。

すぐに冬季が侑依の口腔《こうこう》に舌を入れて、侑依のそれに絡《から》めてくる。

キスを深めつつ、覆《おお》いかぶさってくる彼の背に手を回し、腰骨から臀部《でんぶ》を撫でた。

「観光するんだろう？」

キスの合間に、揶揄《やゆ》を込めた忍び笑いが聞こえる。

冬季の指に耳の後ろを撫でられつつ、侑依は彼の髪に指を入れて梳《す》く。

「んっ……もちろん」

唇を離しながらそう言うと、冬季は額《ひたい》をコツンと合わせて微かに笑った。

「君から仕掛けたのにな」

「ごめんなさい」

「今日の夜は覚悟しておくんだな……僕を我慢させるんだから」

冬季は侑依の手を自身の下肢に導く。

そこはすでに熱く主張し始めていて、侑依は顔を赤くする。

「……まぁいい、腹も減ったし、食事に行こう」

冬季は侑依の額《ひたい》に小さなキスを落とし、ベッドを下りる。そのまま、バスルームへ向かうのを見て、侑依はさらに顔を赤くした。

煽《あお》った侑依と、自制した冬季。

なんだかすごく悪いことをした気分になりながら、侑依も起き上がる。

「今日の夜は、本当に覚悟しないと……」

口に出した途端、その甘い響きに侑依の心臓が高鳴った。

ちょうどバスルームから出てきた冬季が、笑みを浮かべて近づいてくる。そうしてベッドに座り、侑依の頬を手の甲で撫でた。

「顔が赤い。そんな顔をしているのなら、君の中で出せばよかったかな？」

冬季の言葉に慌てて首を振った。

「出かけられなくなるから、夜にして」

「そうだな。楽しみだ」

侑依の頭をクシャッと撫でてから、唇にチュッとキスをする。

「早く着替えて、食事に行こう」

そう言って、彼はサッと立ち上がった。

彼は目的を決めたら即行動するタイプだ。

わかっていても、グズグズしてしまう侑依は、冬季のそういうところを、いつも凄いと思っている。

でも、一緒に暮らすようになって、そんな彼の行動に合わせているうちに、少しずつだが自分の行動にも変化が出てきたと思う。

つい後回しにしがちだったことを、なるべく先にするようになった。

朝のうちに用事を済ませておくと、のんびり過ごせることも学んだ。

もしかして、そうやって一緒にいることで影響を与え合うのが、夫婦になるということなのかもしれない。

侑依も彼に何か影響を与えられているだろうか……

「どうした？」

ぼんやりと彼が着替える姿を見ていた侑依は、首を振って自分も支度を始める。

「好きだな、って思っただけよ、冬季さん」

「朝から嬉しい言葉だな」

ブラウスに袖を通す侑依に近づき、抱きしめて頬にキスをしてくる。

「ちょっともう、着替えられない」

「やっぱり、このまましないか？」

「ダメダメ！　今日は観光するんだから」

冬季とこういうじゃれ合いができることが幸せだ。

朝から彼と恋人のような甘い時間を過ごしながら、侑依はもう一度、「西塔侑依」になりたいと心から思うのだった。

＊＊＊

時計台に行きたいと言ったのは、見たことがなかったからだ。

朝食バイキングを楽しみながらそう提案すると、彼は少し考える仕草をした。

「もしかして、見たことあるとか……北海道旅行、私とが初めてじゃなかった？」

そう言うと、冬季がため息をついた。

「ああ。出張のついでに。思ったより小さくて驚いた」

「そっか……冬季さんは、行ったことあるんだ……」

まずは時計台、と思っていただけにしゅんとしてしまう。

とはいえ、何がなんでも必ず見たいというわけではなかった。

ただ、新婚旅行の時に一緒に見られなかったのを残念に思っていて、今回こそは、と計画していただけで。

でも……

「侑依、僕が行ったのはもうずいぶん前だし……」

「ううん、せっかくなら、二人で楽しめる場所に行こう」

すると、冬季が目を丸くした。

「珍しいな。今日は雪が降るか？」

驚いた様子で外を確認する彼に、侑依はムッとして唇を尖らせる。

「私だって、少しは成長してるんです。意地っ張りは直らないかもしれないけど、素直になることの大切さは、ちゃんと理解したつもりだし……」

そう言って、ザクザクとサラダにフォークを突き刺し口に運ぶ。

そんな侑依に微笑んで、冬季も食事を再開する。

「なら、僕は余市《よいち》にあるウイスキーの蒸留所に行きたい。試飲もできるし、そこで事務所の土産《みやげ》にウイスキーを買いたい」

「余市かぁ……そういえば、ガイドブック見て行きたいって言ってたもんね」

冬季はあまり家でお酒を飲まないが、時々、事務所やクライアントから、いいお酒をもらってくることがある。

そのどれもがなかなか流通しない高い銘柄とくれば、さすが仕事のできる弁護士は違うなぁ、と思ってしまうわけで。

「じゃあ、今日はどこをどう回る？」

事前に簡単な観光プランは考えてきたけれど、昨日一日ですでに予定の半分は崩れてしまった。

「そうだな、まずは小樽《おたる》に行って、軽く市内観光をした後、美味《うま》いものを食べる。それから、余市に行くのはどうだろう。ただあまり帰りが遅くなるといけないから、できるなら早く行動を始めたい」

「わかった」

「あと、時計台だが、あそこは夜も見られるんだ。建物の中には入れないが、ライトアップされた外観が見られる」

その提案に、驚いて彼を見る。冬季は優しい眼差しで侑依を見つめ、柔らかく微笑んだ。

そんな冬季の気遣いに、侑依の心が温かく熱を帯びてくる。

彼はどんな時でも、侑依の気持ちを大事にしてくれる。

それを強く感じて、冬季のことが本当に好きだと思った。

「じゃあ、急いでご飯食べないといけないんじゃない？」

「そうだな。だが、昼に美味《うま》いものを食べたかったら、朝食はほどほどにしておいた方がいい」

「え？」

「小樽は魚介が有名だし、食べたいと言っていた海鮮丼があるはずだ。僕はボタンエビが食べたいな。ミソまでしっかり入っていそうだし……。夜は、もしお腹に余裕があったら、この近くにちゃんこ鍋屋があったはずだ」

侑依は冬季の言葉に、テーブルを見る。

ホテルの朝食は、バイキングだった。

どれも凄く美味しそうで、張り切って取ってきてしまった。

当然、量もそれなりに多い。

侑依に比べて冬季はというと、お粥にみそ汁、卵焼きと鮭の切り身のみだ。

「そんな……これ全部食べたら……お昼入らないんじゃ……」

「そうだな。もったいないけど、残すしかないんじゃないか？」

肩を竦《すく》めて笑った彼は、鮭の切り身を箸《はし》でほぐす。

「ほどほどが一番だ。君は欲望に忠実すぎる」

「はぁ？」

「特に食に関しては」

なんだそれは、と、侑依は頬を膨らませた。

「その食欲を、性欲に回せばいい。そうすれば、君が気にする可愛い腰回りも、もう少しスリムになるかもな」

久しぶりに聞いた冬季の憎まれ口に、頬を膨らませたまま彼を睨《にら》む。

「いっつも、そうやって私の気にするところをからかうんだから！　信じられない！」

「だから、可愛い腰回りと言っただろう？　僕は好きだよ、触れてて気持ちがいいから」

一気にエロい雰囲気になった会話に、侑依はフォークの動きを止める。

「こんなところで、そういうこと言わないでよ」

「愛ゆえだろう？　素直に受け取ればいい」

彼は憎たらしいくらい余裕がある。

「ああ、そうですね」

「そうだ」

侑依は悔しくなって、下唇を噛む。

ムカつくけど、愛ゆえと言われてしまっては反論もできない。

さらには淡々と早く食べろと言われてしまい、侑依はため息をつきつつそれに従う。

張り切ってたくさん取ってきた朝食は、無駄にしてしまった。

美味《おい》しそうな食べ物に申し訳なかったと反省しつつ、ほどほどに食事を取って食堂を後にする。

「小樽までは、電車かな？」

冬季はスマホを操作しながら、そうだな、と返事をした。

「レンタカーを借りる手もあるが、知らない場所で運転するよりは電車の方が確実だろう。必要ならタクシーを使えばいい」

食後はホッと一息つきたいところだが、今日はさっさと出かける用意をした。

化粧を直してバッグを持つまで冬季は待ってくれる。

「お待たせ」

「言うほど待ってない。行こうか」

手を取られ、部屋を出る。

こうして当たり前のように手を繋《つな》いで歩ける幸せに、自然と頬が緩《ゆる》んできた。

最近はお互いに忙しくデートらしいデートをしていなかったから、凄く嬉しい。見慣れない旅行先の電車に乗るのさえ、なんだかワクワクして楽しかった。

「ずっとニコニコしてるな。そんなに観光がしたかったのか？」

ため息まじりにそう言ってくる冬季に、侑依はそれだけじゃないけど、と思いながら頷く。

「うん、したかった」

「……まるで昨日の僕を責められているみたいだ……君だって乗り気だったのに」

どこか不本意そうな、それでいて仕方ないと思っているような彼の顔。

そんな表情を見るのが、幸せだと言ったらどう思うだろうか。

きっと呆れられるだろうから、侑依はその気持ちを秘めておくことにした。

こうした他愛ないやり取りも、夫婦らしいと思うからだ。

侑依が今感じている幸せを、なんと言って表現すればいいだろう。

「確かにそうだけど、誘ったのは冬季さんだしね」

ふふ、と笑うと彼はバツが悪そうな顔をした。

「観光には、今日来たからいいだろう？」

「そうね」

侑依が微笑むと、彼は微かに目を開きそれきり黙った。

「小樽に着いたら、ガラス細工《ざいく》を見たいな」

「それで次はオルゴール？」

冬季は侑依が買ってきたガイドブックをちゃんと読んでくれたのだろう。

どちらも、印《しるし》をつけていた場所だからだ。

嬉しくなって頷くと、わかったと微笑まれる。

「冬季さんは、それでいいの？」

「ああ。美雪さんに土産《みやげ》を買って来いと言われているから、侑依に選んでもらおうと思っていた。オルゴールやガラス細工《ざいく》なら文句ないだろう」

「うん、女の人は好きだと思う。大崎さんの分も買っていかないとね」

大崎千鶴は年上の美人で、以前は一緒にランチに行ったりしていた。侑依にとってはしっかり者の姉みたいな存在である。

けれどなぜか冬季は、彼女の名前を出すと、いつも微妙な顔をして一瞬黙るのだ。

「ねぇ、どうして大崎さんの名前を出すと、いつも黙るの？」

冬季は、いや、と言って、首を横に振る。

「何か、個人的な引っ掛かりでもあるわけ？」

ここぞとばかりに問い詰めると、彼は一度息を吐いて、侑依に微笑んだ。

「彼女は同僚だし、仲が悪いわけじゃない。ただ、時々口うるさいから苦手なんだ。まぁ、侑依よりましだが」

「はあ？　何それ！」

「だってそうだろう？　それに彼女の方が素直だしね」

冬季の言葉にムッとする。

彼は隣に座る侑依の手を取り、ギュッと握りしめた。

「素直じゃなくても、君がまたこうして傍にいてくれるのが、本当に嬉しい」

まっすぐな彼の言葉に、意地っ張りな侑依も自然と素直になる。

「……私も、同じ気持ち」

侑依が笑うと彼も同じようにした。こういう他愛ない会話が本当に愛しい。一度は手放してしまった大切な人と過ごす時間が戻ってきた。

唯一無二の存在の彼が。

「小樽に着いたな」

冬季が立ち上がり、手を引かれて侑依も席を立つ。

ホームへ降り並んで改札に向かいながら、侑依は隣の彼を見上げた。

「どうした？」

「今日はご飯をいっぱい食べるでしょう。だから……帰ったらたくさん愛して」

侑依の言葉に冬季は瞬《まばた》きをして一瞬足を止める。

すぐに口元に笑みを浮かべ、侑依の耳元に唇を寄せた。

「言われなくても。君への性欲は尽きることがないから」

唇が耳たぶを軽くかすめて、侑依の身体が震えた。

「今日はいい酒を飲んで、帰ったら君をくまなく愛してやる」

いきなりエロさ全開である。

今日はその前に観光だというのに、侑依の身体は彼に触れられる期待で、お腹の奥底をキュッとさせるのだ。

「そ、の前に観光！　お土産《みやげ》買ったり、海鮮丼食べたり……」

「そうだな」

ちらりと見上げれば、素敵な彼の顔。

一瞬、今日のプランが飛んで行ってもいいとさえ思う威力があった。

「行こうか、侑依」

そう言って、侑依の手を引いて歩き出す冬季は、侑依の身体がすでに疼《うず》いているとは思わないだろう。

口では観光に行くと言いながら、繋《つな》いだ手の温かさに感じているなんて、絶対に言えない。

今は観光に集中。侑依は無理やり意識を別のものに向ける。

自分用にガラス細工《ざいく》を探したり、オルゴールを購入するのだと言い聞かせ、彼へのときめきを抑えるのだった。

＊　＊　＊

観光を終えてホテルへ帰ってくる頃には、さすがに疲れてしまっていた。

お土産《みやげ》の袋を床に置き、ベッドに仰向けに倒れ込んでしまう。

「疲れたぁ……それに、お腹苦しい。もう、夜ご飯いらない」

「ああ、同感だな」

冬季も荷物を持っていた腕が疲れたらしい。

大きなものは、店である程度発送したが、それでもいくつかは持って帰って来た。

しかも、余市で買ったウイスキーに、小樽で買ったオルゴールとグラスなど重たいものばかり。

観光中は駅のロッカーに預けていたものの、帰りはやっぱり重たいわけで。

冬季はスーツケースを開け、持って帰って来たお土産《みやげ》をしまい始める。

彼は、服の間に上手《うま》く割れ物を挟んでいく。そうすると衣服がクッションの役割をはたしてくれるのだとか。

あまり旅行に行ったことがなかった侑依が、彼と出会って学んだことの一つである。

「それにしても、たくさん食べたな、君は」

「だって、せっかく旅行に来たんだから、美味《おい》しいものが食べたいじゃない」

冬季は宣言通り、ボタンエビ丼を食べた。でも侑依は海鮮丼と、追加で握り寿司まで食べてしまった。

さすがに全部は食べきれなかったので冬季にも手伝ってもらったのだが。

それなのに、どうしてもアイスが食べたくなり、別腹と称してアイスも食べた。当然、かなりお腹が苦しくなってしまった。

こうなったらひたすら歩くしかない！　と、頑張って今日一日よく歩いたので、ようやく少しお腹が落ち着いてきたところだ。

「今日はもうご飯は無理だなぁ……」

「当たり前だ」

呆れた声が聞こえて、冬季の方に身体を向ける。

それを察したように、彼は侑依のベッドまで来て座った。

「消化のために、少し動いた方がいいな」

「……それって、エッチなこと？」

「どうしてそっち方向に結び付ける？」

あれ、違うのか……と、首を傾《かし》げて彼を見る。

すると、微笑んだ冬季が侑依に小さなキスをした。

「やっぱりそっち方向で」

侑依が笑ってキスを返そうとすると、彼が離れて行こうとする。

「どこに行くの？」

「ゴムを取りに行くだけだ」

「……着けなくていい」

今日は危険日ではない。

それに、冬季に愛してもらえるのが嬉しかった。

彼と避妊をせずに抱き合ったのは、数えるほど。

冬季は結婚していた時、まだ二人でいたいからと常に避妊をしていた。

けれど何も着けずに繋《つな》がるのは、いつもより気持ちがよくて、より愛されているように感じるのだ。

「いいのか？」

「今日は、大丈夫……」

彼に避妊具なしで愛されるのは、この先もきっと侑依だけだ。

それが、凄く特別な気がして、そうして欲しいと思う。

冬季が侑依の上に覆《おお》いかぶさってきて、キスをする。

彼とはもう何度もしているのに、いつも新鮮に感じた。

唇の隙間から入ってくる彼の舌。それが侑依のそれに絡《から》むと、自然と甘い声が出る。

身体に彼の重みがかかり、自然と吐息が零《こぼ》れた。もっと体重を預けて、冬季の存在を身体中で感じさせて欲しい。

「あ……冬季さん」

耳元で甘い声を出し、彼を誘う。

重なった身体から、トクトクと彼の鼓動が速くなるのが伝わってきて、幸せを感じるとともに身体の疼《うず》きが増す。

この人は、私だけにこうなるのだ。

「侑依……もう入れたい」

「んっ……きて」

冬季は、侑依のパンツのボタンを外し、下着と一緒に脱がしていく。

すぐに下だけ裸にされ、彼の手が脚の付け根を撫でながら秘めた場所へと行きついた。

しかし、触れることなく手を離し、おもむろにセーターを脱いでシャツのボタンを外し始める。

互いの息が忙《せわ》しなくなっている。

冬季の身体は、興奮からかずいぶん熱い。下半身も大きく反応していて、きつそうに布地を押し上げていた。

「少し濡《ぬ》れてるな……でも、もう少し……」

そう言いながら、冬季は侑依の中に指を押し入れてくる。

それだけで、くちゅりと濡《ぬ》れた音が聞こえてきた。

それどころか、内部から愛液が溢《あふ》れ出てくる。

「んぅ……っ」

「昨日から、君の身体は僕を歓迎しているようだ」

侑依の脚を開かせ、性急にズボンの前を開いた冬季が身体を近づけてくる。

何度も見られているけれど、やっぱりソコを露《あら》わにされるのは恥ずかしい。

冬季の前に侑依の全てが晒《さら》されている気になる。

「侑依」

ズボンとともに下着を下げると、いきり立った彼のモノが出てきた。

硬く反《そ》り返った昂《たかぶ》りを目の当《ま》たりにし、侑依はごくりと息を呑んだ。

初めて見た時は本当にこれが入るのかと不安に思ったものだけど、今は彼のモノを受け入れたくて堪《たま》らなくなっている。

「あ……っん」

先端が挿入されたと思ったら、すぐに奥へと進んでくる。

自分の中をいっぱいにする彼の硬さが、侑依を欲しいと言っているようで、身体の内部がキュンと疼《うず》いた。

「っ締めつけるな……すぐにイッてしまうだろう?」

はっ、と小さく息を吐いた冬季が、根元まで自身を押し込み、侑依の下腹部に触れてくる。

「君もよさそうだ……その蕩《とろ》けた顔、腰にくるな」

フッと笑った冬季が、侑依の腰を持ち上げるようにして律動を始めた。

「あ……あっ！」

「もっと声を出せ、侑依」

そんなことを言われても、と彼の身体を引き寄せ強く抱きしめる。すぐに彼が唇を合わせてきて、腰を動かしながら濃厚なキスを交わした。

下半身を繋《つな》げるだけで、どうしてこんなに気持ちがいいのだろう。

彼が触れてくるところ全てが、蕩《とろ》けるほど気持ちいい。

侑依は濃厚な口づけを自《みずか》ら外し、それを言葉で伝えた。

「好き、冬季さん……っきもち、いい……っあん」

「僕も君が好きだ……っ」

互いに呼吸を荒らげながら、深く繋《つな》がり、抱きしめ合う。

濡《ぬ》れた音と、肌のぶつかる音がホテルの部屋を満たしていく。

――この世で、唯一の存在だから、心も身体もこんなにも高まって、気持ちがいい。

はっきりとそう思った。

額《ひたい》に玉の汗を浮かべた冬季が、堪《たま》らなくエロくて色っぽくて、もっと侑依の奥の奥まできて欲しいと、彼の身体を一層強く抱きしめた。

「冬季さん……っ」

彼はまた濃厚なキスをしてくる。それに応《こた》えながらも、侑依の身体は限界だった。

口腔《こうこう》と下腹部、両方同時に愛されて、侑依は堪《たま》らず達してしまう。

「あぁっ……！」

イクと同時に、侑依は中の冬季をきつく締めつける。

彼は眉を寄せて小さく呻《うめ》くと、すぐに最奥《さいおう》を強く穿《うが》ち、ぶるっと身を震わせて動きを止めた。

冬季が中で果てたのがわかり、温かい気持ちが胸に広がる。

「侑依」

名を呼ばれ、息が整わないうちに、また深いキスをされた。

苦しいけれど、それすら心地よくて、ずっとこうしていたい気持ちになる。

下半身を繋《つな》げたまましばらくキスを交わし合い、互いの身体を堪能した。

そのうち、冬季のモノが侑依の中で芯を持ち始める。

思わず、鼻にかかった声を出すと、唇が離され耳元で囁《ささや》かれた。

「このまま、もう一度……したい」

彼は起き上がり、ボタンを外しただけのシャツを脱ぎ去る。

侑依の前に、綺麗な上半身が現れた。

冬季はそのまま侑依のセーターの裾に手を入れ、インナーと一緒に脱がせる。

これだけ服を着てしていたら、暑いはずだ。

ブラのホックを外されて、侑依は完全に裸になる。

「君の裸は、僕を興奮させるな」

侑依の中に入ったままの冬季が、さらに硬く大きくなるのを感じた。

「私も、冬季さんの裸、好き」

綺麗な筋肉のついた、冬季の腹部。綺麗に割れた腹筋に手を這《は》わせると、彼が侑依の身体を揺らし始めた。

「さて……本格的なセックスを始めるか……覚悟はいいな、侑依」

微笑んだ彼の色気に息を呑み、繋《つな》がっている内部がキュッと疼《うず》いた。

「はい……たくさん、愛して」

「了解した」

冬季の両手が侑依の胸に伸ばされ、やんわりと揉《も》まれる。

硬く質量の増した冬季のモノが奥まで届き、侑依は自《みずか》ら腰を揺らした。

これから始まる夜を思うと、あっという間に達してしまいそうだ。
この幸せがこれからもずっと、と思うと幸せで胸がいっぱいになる侑依だった。

9

「ありがとう、西塔」

「ありがとうございます西塔さん」

北海道旅行から帰って来て、最初の出勤日。

冬季は出勤してすぐに、職場の女性、美雪と千鶴に買ってきた土産《みやげ》を渡した。

もちろん彼女らの土産《みやげ》を選んだのは侑依だが。

「赤に雪の結晶……なんて可愛いオルゴール。嬉しいです。しかも、これ宝石箱も兼ねてるんですね。素敵！」

自分は、千鶴がこんなに嬉しそうにしているのを初めて見たかもしれない。

思わず瞬《まばた》きをして、その様子を眺めてしまった。

それは美雪も同様で、渡したペアグラスを見て、うっとりしている。

「いいわね、これ。せっかくだし、今日はこのグラスでワインを飲もうかしら」

弁護士になってからは、旅行らしい旅行をしてこなかった。

たまに出張で遠出したとしても、土産《みやげ》は大きな箱に入った菓子を買ってくるくらい。個人に土産《みやげ》を買ってくるなんてしたこともなかったが、侑依の提案を聞いてよかったと思う。

『選ぶのも面倒だし、事務所の土産《みやげ》は大箱の菓子でいいか』

『そんなのダメ！　せっかくこんなに素敵なお土産《みやげ》があるのに』

北海道に行くと言ったら、事務所の面々にいろいろとお土産《みやげ》のリクエストをされた。けれど、全員の要望を叶えるのは難しいのだから、無難に菓子にしてしまった方がいいのではないか。

そう言ったら、侑依にぴしゃりと窘《たしな》められたのだ。

「僕らはウイスキー……嬉しいねぇ」

比嘉法律事務所の所長、裕典《ゆうすけ》と、同僚の袴田崇太《はかまだそうた》には余市でウイスキーを買ってきた。カニだとか、ラーメンだとかを好き勝手にリクエストされたが、二人の顔を見る限りウイスキーを選んだのは、間違いなかったようだ。

土産物《みやげ》については、些細《ささい》なことでちょっとだけ侑依と口論になった。

というのも、侑依が選んだ土産《みやげ》は重くてかさばる物が多く、さらにウイスキーまで買って帰ることになり、つい重いと文句を言って怒らせてしまったのだ。

だがそれも、今となっては、いい思い出だが。

「旅行はどうだった。楽しかったかい？」

「ええ、楽しかったです。ただ、食べたかったものは、結局全部食べきれませんでしたけどね」

冬季の言葉に裕典は笑った。

「北海道は、海鮮系はもちろんだけど、ラーメンや、スープカレーなんかも美味《おい》しいからね」

「俺は断然ラーメンが食べたいけどな。西塔は食べたのか？」

袴田がそう言って、ウイスキーを大事そうにデスクに置いた。

「食べたよ。あとはボタンエビ丼と寿司と、カニ会席も食べたかな」

「いいなぁ……、あーっ、俺も行きたくなってきた、北海道！」

羨《うらや》ましい、と言って騒ぐ袴田に冬季は肩を竦《すく》める。

「行けばいいだろう？　意外と袴田は尻が重たいんだよな」

冬季の言葉に皆が同意するように頷く。

「そうそう、袴田さんはお尻に重しがついてますもんね。ＳＮＳとか派手に遊んでそうなのに、基本インドア派なんて」

千鶴の言葉にも、裕典や美雪が同意するように再度頷くから、笑えてきた。

「うるさいなぁ、俺だって出かける時は、ちゃんと出かけてるっつうの！」

「どうだかねぇ、袴田は女の子が本当に喜ぶことをしてるのかしら？」

揶揄《やゆ》するように言う美雪に分《ぶ》が悪いと悟ったのか、袴田は、はいはい、と言って話を切り上げた。

「もう仕事、仕事！　西塔、お土産《みやげ》ありがとうな」

「どういたしまして。ああ、今日僕はＨ社に行った後、そのまま直帰します」

冬季がそう言うと、あら、と美雪がこちらを見る。

「侑依さんとご予定でも？」

事務所の面々は、冬季が離婚した侑依と、また復縁しようとしていることを知っている。だから冬季は旅行も侑依と行くと正直に伝えていた。

「旅行で、充分ラブってきたんじゃないのか？」

今度は袴田が、ニヤニヤと冬季を揶揄《やゆ》してくる。

そんな袴田に、冬季は淡々と違う、と答えた。

「今日、妹が実家に戻って来ているらしくてね。久しぶりに、家族で食事をしようと言われてるんだ。だから仕事の後、ホテルでディナーをする予定」

「へぇ、いいなぁ。お前んとこ、いつもそんな感じだよな」

確かにと、ため息をつきつつ頷いた。

西塔家では、昔から何かあるとちょっといい場所で食事をするのが定番となっている。

それはきっと、母の要望だろう。

けれど、父もまた食べることが好きなので、家族の食事会を楽しみにしている節があった。

「西塔のところは庶民っぽくないからね。いろいろあるのよ、袴田」

美雪の言葉に袴田は肩を竦《すく》める。

そうして彼は、デスクに置いたウイスキーを持ち、仕事に戻っていった。

冬季はと言うと、美雪の言葉に多少眉を寄せながら、確かにな、と納得する部分もある。

親戚は、父方も母方も公務員が多い。

それもあって、学歴やキャリアといったものへのこだわりが強いように思う。

とりわけ母は、ある程度の学歴は持って当然と言ってはばからなかった。

兄妹二人とも勉強が好きだったからよかったものの、そうでなかったら、学生時代は地獄だったろうなと思う。

それどころか、勉強ができなかったら、冬季や妹には目も向けなかったのではないかと感じるほど。

対して父は、割と自由な考えを持っており融通《ゆうずう》もきく。

そのため、母のいないところで、学歴は気にするなと言ってくれていた。

「まぁ、そうですね。僕は大学進学を機に家を出ましたが、そうしてよかったと思っています」

「そう。……さて、袴田の言う通り、仕事しましょうか、仕事！」

パンパン、と手を叩き美雪が皆の背を押すような仕草をする。

皆が、はいはい、と言わんばかりに、それぞれの仕事部屋やデスクへと散っていく。

「ねぇ、西塔。お母様は大丈夫なの？」

美雪の静かな声が、仕事部屋に向かう冬季の背中に投げかけられた。

足を止め、振り返りながら首を傾《かし》げて見せる。

「さぁ、わかりません。でも、大丈夫じゃないでしょうね。……きっと母は、侑依を認めないと思います。でも、僕も侑依もいい大人です。それならそれで、仕方ない」

「そうね。でも、きちんと話は通しておかないとダメよ？」

「わかってますよ」

そう言いながら、冬季は母に侑依との復縁を告げた日のことを思い出す。

簡単に行くとは思っていなかったが、あの時は話し合いにもならなかった。だが、もう一度だけ話してみようかと思い直す。

もしもそれでも駄目ならば、それはもう仕方のないことだと諦めるしかない。

たとえ両親に認めてもらえなくても、今度こそ必ず幸せになるとだけ伝えようと心に決めた。

「今度こそ幸せになるのよ、西塔」

ちょうど考えていたことを、美雪から伝えられて微かに目を見開く。

いつもこの人には頭が上がらない。厳しいことを言われることもあるが、なんだかんだで心配してくれているのだ。

「……ありがとうございます」

そう言って、美雪に笑みを向けると微笑み返された。

「仕事ですね」

「そうよ」

やり手の副所長の顔で頷く彼女に、背を向ける。

今日は家族で食事だ。おそらく、侑依とのことが話題に上がらないことはないだろう。

もう一度、きちんと話し合おう、そう考える冬季だった。

＊＊＊

Ｈ社との打ち合わせが長引き、冬季は約束の時刻に遅れてしまった。

母は遅刻が嫌いだからきっとヤキモキしているに違いない。

妹と父は、また仕事で遅れているのだろうと思っているだけだろうが。

約束のホテルのレストランへ足早に向かいながら、冬季はため息をつく。

「着いたら、しばらく説教だな……母も、もう少しこっちの仕事や都合について理解してくれるといいんだが」

仕事に対する理解はあるのかもしれないが、状況によっては時間通りに来られないといくら説明しても、遅刻は遅刻、というのが母だ。

どうしてああも融通《ゆうずう》が利かないのか苛立つこともあるが、それが自分の母親なのだから仕方がないと諦めているところもある。

反発して上手《うま》くいかなくなるくらいなら、スルーした方が楽なのだ。

おそらく母は、潔癖なのだろうと思う。

こうあるべき、というルールが自分の中で決まっていて、それを逸脱《いつだつ》する行為に気分を害する。

きっと母は、子供である冬季や妹をその枠に嵌《は》め込み、ルールを守らせようとしているのだ。

母にとって、離婚した相手と復縁するというのは、きっとそのルールに反することなのだろう。

「わかってもらえなくても、それはそれで仕方ない、か」

腕時計を見ると、約束の時刻を十五分過ぎていた。

冬季はもう一度ため息をついてホテルのレストランへ向かう。すると、レストランの入り口で、母が待っているのが見えた。

「遅いわ、冬季！　何してたの」

「ごめん、仕事が長引いた。メールしたんだけど」

「仕事なのは仕方ないけど、今日はどうしても早く来て欲しかったのに」

なぜかイライラしている様子の母に、冬季が眉を寄せる。

母は気持ちを落ち着かせるように、はぁ、と息を吐いて、冬季に「ごめんなさい」と言った。

「とりあえず、席にいきましょう」

「わかった……だけど母さん、開口一番に、ああいう言葉を言うのはやめてくれないか？　約束があっても、仕事で遅くなることはある。母さんのそういうところ、昔から嫌なんだよ」

母の後ろ姿にそう言うが彼女は振り返りもしなかった。

ただ何も言わずに歩く母に、ため息が出る。

この間の、侑依を貶《おとし》めるような暴言のこともあり、母とこれから上手《うま》くやっていけるか心配になった。

今日何度目かのため息をついた時、母の向かう席に知らない女性が一人で座っているのが見えた。

そこには、父と妹の姿はない。

「……これは、どういうこと？」

冬季の声に振り返った母は、にこりと微笑んだ。

「以前言ったでしょう？　あなたに会って欲しい、素晴らしいお嬢さんがいるって」

元弁護士会の会長の孫とかいうアレか、と冬季は一度目を閉じる。そして、湧き上がる激情を抑え込むために、大きく息を吐いた。

「僕は断ったはずだ。何を勝手に……」

抑えきれないムカムカを込めて母を睨《にら》むと、こちらに気付いた女性が微笑んで会釈《えしゃく》してくる。

「こうでもしないと会ってくれないでしょう。苦肉の策よ。とてもいい方なの。とりあえず、今日は食事をしながら、お話をしてみたらどうかしら？」

満面の笑みを浮かべる母に、はっきりと眉を寄せる。

そこで、相手の女性が席を立ち、すぐ傍までやって来た。

「ここのお料理は美味《おい》しいそうですね。全員揃ったようですし、お食事にしませんか？」

「ええ、そうですわね。でもせっかくですけど、私はこれでお暇《いとま》いたしますから、食事は二人でごゆっくり、ね？　冬季」

肩を軽くポン、と叩く母が嫌だった。

この女性はよっぽど母に気に入られているのだろう。

セミロングの黒髪で、上品な出で立ちと整った容姿をしていた。素直に美人だと思った。

けれど冬季は、脳裏に自分にとって誰より可愛い人の笑っている姿を思い浮かべる。

やはり冬季の心を動かすのは、侑依だけなのだと実感した。

この女性がどういうつもりでここに来たのかはわからないが、見合いとわかっていて状況を受け入れるつもりは、冬季にはない。

冬季の心に侑依がいる以上、この女性には悪いが、さっさと断って帰ろう。

即座にそう決めて、相手へ切り出す。

「母が何を言ったか存じませんが、私に見合いをするつもりはありません。申し訳ありませんが、これで帰らせていただきます。この謝罪は後日改めて……」

冬季がそう言ったところで、女性のお腹がグーッと鳴るのが聞こえた。

彼女は顔を赤くして、恥ずかしそうに俯《うつむ》く。

「あ……実は私……忙しくて今日はお昼を食べ損ねてしまいまして……」

忙しくしていて、昼食を食べ損ねることは冬季もよく経験する。そんな時は、つい夜にたくさん食べたくなってしまうのもわかる。

食事をするつもりでいたのなら、なおさらお腹が空《す》いているだろう。

「その……もうお会計は済んでいるそうです……もし、よろしかったら、お食事だけお付き合いいただけないでしょうか……」

再び彼女のお腹が鳴り、冬季は何とも言えない気持ちになる。

「……わかりました」

この状況で、自分は食べないで帰るとは、さすがに言い出しにくい。

待たせた挙句、お腹を空《す》かせた女性を一人残して帰るというのも申し訳ない気がしてくる。

これでは母の思うつぼではないかと、ため息が出そうになった。

「飲み物は、全員揃ってからと思って、まだ頼んでいないのですが……」

冬季は仕方なく席に座り、飲み物のメニューを開いた。

飲みやすいシャンパンを提案すると、彼女は笑顔で頷いた。スタッフを呼び、シャンパンを注文したところで、彼女が口を開く。

「今日は、お仕事からそのままいらっしゃったんですか？　比嘉法律事務所のことは、私もよく聞き及んでいます」

「ありがとうございます」

当たり障《さわ》りのない会話をしながら、冬季は料理を始めていいかと伺《うかが》いに来たスタッフに返事をした。

「すみません、まだお名前を聞いていませんでしたね」

「あら……お母様から何も聞いていませんでした？」

「すみません。実はこの話、自分はすでに断ったつもりでいました。……今日も、家族で食事をすると聞かされて来たのです」

「あら、まぁ……。わかりました。では、このお話は私の方からお断りしておきましょう」

サラッとそう言って微笑んだ美人は、運ばれてきた前菜を見てすぐにフォークを取った。

「私、大城麗香《れいか》と言います。父は普通の会社員で母は専業主婦です」

はきはきと喋《しゃべ》る彼女は、簡単に自己紹介をし始める。

「弁護士をしていた祖父の影響で、私もいろんな人の悩みを解決するお手伝いがしたいと思って弁護士をめざしました。でも、未だに司法試験に通らず、祖父の事務所でパラリーガルをしています」

前菜に手を付けながら話す彼女を見て、冬季もフォークを取り前菜を口に運ぶ。

「あ……西塔さんのことは、祖父を通じて少し聞いています。それに、先ほどお母様が得意気にお話ししていかれたので……って、すみません。得意気に、なんて失礼でしたわね」

ふふ、と笑った彼女に冬季も自然と笑みを浮かべる。

「なかなかはっきりとものを言う方ですね」

「ふふ、それが災《わざわ》いすることもありますけど、これが私ですから。……実は、西塔さんについてはちょっと思うところがあったんです。私は一人なのに、西塔さんはお母様同伴でしょう？　離婚歴があることはあらかじめ祖父から聞いていたので、これはきっとマザコンが理由で離婚されたのでは、と勝手に推測していたんです。けど、そうじゃないって、あなたを見てわかりました」

本当にはっきり言う。それによく食べる人だと思った。

すでに前菜の皿は空《から》になり、シャンパンを口にしている。彼女にとっても冬季との見合いは、あまり実のないものかもしれないと考えた。

「母は、昔から少し過干渉なところがありまして。私の話も聞かずに今回の話を進めてしまったんです。離婚の理由に家族は関係ありませんが、少し事情があって。ただ、もともと結婚に反対していた母は、ここぞとばかりに見合いをすすめてきて困っています」

「悪い相手ではなかったのでしょう?」

グラスを置いた彼女は冬季が前菜を食べ終えるのを見ていた。

お腹が空《す》いているというのは本当らしいと、冬季は近くのスタッフに次の料理を早めに持ってくるよう頼んだ。

「ええ、自分にとって、これ以上の人はいないという相手と結婚しましたよ。……ただ少し、すれ違ってしまって。私は、離婚するまでそのことに気付けなかった。母からしたら、妻が全て悪いように思えるのかもしれませんが、私にも責任があったんです。……どんなことがあっても、離婚届に判など押さず、傍に置いておくべきでした」

「羨《うらや》ましいわ、奥様……ああ、元、奥様ですね」

すぐに次の料理が運ばれてきて、麗香が嬉しそうな顔をする。

「本当に、ずいぶんお腹を空《す》かせていたんですね。お待たせしてすみませんでした」

「ええ、もう、ペコペコ。なぜか今日に限って、書類仕事が多くて……もう、お腹が空《す》きすぎて泣きそうでした」

彼女はパラリーガルとして真面目に仕事をしているのだろう。

仕事帰りながら身だしなみはきちんとしているし、化粧も崩れていない。忙しい中でも、しっかり用意してこの場所に来たのだとわかる。

はっきりとものを言うタイプのようだが、そうした真摯《しんし》な態度には好感が持てた。

「大城さんなら、私のようなバツイチでなくても、引く手あまたでしょうに……。どうして、この話を受けたんです？」

「……すみません。実は私も、今は結婚する気はないのです。だから、相手が西塔さんのようなイケメンだろうが、最初からお断りするつもりだったんですよ」

麗香はナイフとフォークをテーブルに置くと、申し訳なさそうに頭を下げた。

なるほど、彼女の方も自分と結婚するつもりは元々ないということか。

「私、今はまだ司法試験合格を目指す身ですし、結婚なんか考える気持ちの余裕はありません。それに……意外とお一人様って楽で。そう思うと、弁護士として活躍しながら、結婚も離婚も経験している西塔さんって、本当に凄いと思います。そういえば……元奥様とは、今はどうなんです？　何か事情があるみたいな言い方でしたけど」

本当に口の回る女性だな、と内心面食らう。

しかし、こういう人は見合いなどせずとも、普通に幸せを掴《つか》みそうだと勝手に推測した。

「復縁を決めています。お互いに間違いを修正して、また幸せになろうと約束しました」

冬季が淡々と事実を伝えると、麗香は興奮した様子で目を輝かせた。

「凄い、なんてドラマティックなの！」

「そうですか？」

「ええ。……事情があって別れてたとしても、それだけ結びつきが強い相手なら、絶対に離さない方がいいです」

そう力強く言った麗香はすぐに俯《うつむ》き、少し寂しそうな顔をした。

「実は私にも、西塔さんみたいに本当に好きな相手がいたんです。でも、いろいろ宙ぶらりんな私は、彼とすれ違ってばかりで。結局、別れてしまいました。今では、完全に音信不通です……。きっと、私と彼は、西塔さんと奥様みたいな縁がなかったのでしょうね」

麗香は、恋も仕事も勉強も頑張っていたのだろう。けれど、目指すものが大きい分、上手《うま》く行かなくなってしまったのかもしれない。

「大城さんなら、これから先、いくらでもいい縁がありそうな気がします。たとえ別れたとしても、彼とも縁があったから出会えたのだと、そう思ったらどうでしょう。それに、人生のどこかで、その彼との縁が続いている可能性だってあるかもしれない」

「さすが、結婚も離婚も経験された方の言葉は違いますね。……本当に、そうだったらいいです。でも今は、自分のことをクリアしないと」

少し寂しそうに俯《うつむ》いた麗香は、気を取り直したように顔を上げる。

「西塔さんみたいな規格外のイケメンを前にしたら、やっぱりドキドキしちゃいますけど、……それと司法試験では、私には司法試験の方が重くて大きいから」

最後は自分に言い聞かせるみたいに言って、麗香はまっすぐ冬季を見つめてきた。

「ご縁がなくて残念です。でも、同じ仕事をしているのだし、どこかでまた会えたら嬉しいです、西塔さん」

冬季は彼女の言葉に頷き、口を開く。

「そうですね。どこかで会えたら、その時はよろしくお願いします」

お互いに微笑み合い、食事を再開した。

彼女はここぞとばかりに、冬季の担当した判例について聞きたがった。

的確な質問をしながら真摯《しんし》に話を聞いてくる彼女に、冬季も真面目に答えていく。

そうしながら、麗香が今年こそ司法試験に受かることを願うのだった。

冬季は彼女と話しながら、侑依に会いたいと思った。

麗香みたいにはきはき喋《しゃべ》るけれど、彼女より優しい印象の侑依の声。

今すぐ、その声を聞きたい。

やっぱり自分には侑依しかいない。

彼女は自分の唯一無二の存在なのだと、改めて認識するのだった。

＊　＊　＊

冬季が自宅へ戻ると、侑依はリビングでテレビを見ていた。

「お帰りなさい、冬季さん」

そう言って、立ち上がってくるのを見た時、急に抱きしめたい衝動に駆られる。

持っていたビジネスバッグを床に置き、傍に来た彼女を引き寄せた。

「どうしたの、冬季さん」

やんわりと抱きしめ返してくる柔らかな腕に愛おしさを覚える。

「君のことが好きだと、再認識した夜だったと思ってね」

「何それ」

ふふ、と笑う彼女の声が耳にくすぐったい。

侑依という愛しい人を、この腕に取り戻せてよかったと心から思う。

「……今日、母が勝手に見合いをセッティングしたんだ」

侑依には、今夜は家族と食事すると言って仕事に出た。それが突然見合いだったと聞かされて、彼女の身体が少し強張《こわば》った。

「それで、どうだった？　お義母様《かあ》が選んだ相手なら美人なんじゃないの？」

どこか虚勢《きょせい》を張るような彼女の言い方が、意地っ張りな侑依らしいと思う。

冬季はクスッと笑って、さらに強く彼女を抱きしめた。

「ああ、美人だった。弁護士を目指している真面目な女性だったよ」

「……そう。それで？」

「お互い、まったく相手と結婚する意思がないとわかった。彼女は今、司法試験に受かることを一番の目標としているから、結婚どころか恋愛もムリという考えだった。君との復縁を考えていると伝えたら、ドラマティックだと羨《うらや》ましがられたよ。この見合いは、向こうから断ってくれるそうだ」

侑依の身体から、ほんの少し力が抜けたのがわかった。

ホッとしたのだろうと思うと、こちらも安心する。

「彼女と会ったことで、やっぱり僕は君が好きなんだと思ったよ」

「それ、さっきも聞いた。でも、どうしてそう思ったの？」

冬季は少しだけ身体を離し、侑依の前髪を掻き分けジッとその目を見つめて言った。

「見合い相手と話しながら、僕は君の笑った顔が見たいと思った。君の声が聞きたくて、こうして抱きしめたいと、心から思った」

侑依は瞬《まばた》きをして、それからはにかんだように笑った。

「なにそれ」

「僕の本当の気持ちだ。君が好きだと、言っている」

「……どうしよう」

「何が？」

「冬季さんに抱いて欲しくなった……復縁するには、まだ前途は多難だけど……私たちの気持ちがしっかりしていれば、大丈夫なんだなって思って……」

頬を染めた侑依が、ぴたりと身体を寄せてきた。

「……それに、冬季さんが美人と会ったなんて言うから、今すぐ私だけを愛してるってとこ、見せて欲しいって、身体が言ってる」

冬季の腰に手を回し、ベルトの金具を軽く引っ張る。

「してくれる？」

甘えたような声を出す侑依に、冬季の心臓が高鳴った。

「君が誘うなら何があっても。今すぐ、裸にしてやる」

冬季は侑依の身体を抱き上げ、そのまま寝室へ向かう。

少し乱暴に彼女の身体をベッドへ下ろした。

その上に跨《また》がり、上着を脱ぎ捨てる。そして、侑依に引っ張られたベルトを緩《ゆる》めた。

「冬季さんが服を脱ぐのを見るのが、凄く好き」

そう言って伸ばされる手を取り、そのまま覆《おお》いかぶさる。

「君が望めば、いつだって脱ぐさ。人前は勘弁して欲しいがな」

冬季が揶揄《やゆ》するように言うと、侑依も可笑《おか》しそうに笑った。

「もちろん、二人の時だけだよ。だってこれは、二人だけの秘密の時間でしょう？」

ため息をつくような甘い声に、冬季の興奮が高まる。

「本当に、君は悪い女だな」

「どうして？」

「帰ってきてシャワーも浴びさせずに、僕をその気にさせて……」

冬季の頭の中は、彼女の身体を貪《むさぼ》ることしかない。

その思いに突き動かされるまま、侑依の唇に吸い付き胸を揉《も》み上げる。

侑依の甘い声が耳に届き、もう止まれないと思った。

むしろ、止める気もない。

彼女を思いっきり揺さぶることしか考えていない自分を、可笑《おか》しく思った。

冬季は乞《こ》われるまま、愛しい人の身体を隅々まで愛するのだった。

10

冬季が見合いをしたことをきっかけに、お互いの両親に改めて復縁の報告をしようと話し合った。

侑依は離婚以来初めて実家へ連絡し、両親が揃って家にいる日を確認した。そして、冬季と二人で訪ねて行く。

出迎えたのは母で、久しぶりと言って微笑んでくれた。

居間に案内され、侑依は冬季と並んで両親と対峙する。

簡単な近況報告の後、思い切って冬季と復縁を考えていると伝えた。

すると、父は眉間にぐっと皺《しわ》を寄せた。

「お前たちがなぜ別れたかは聞かない。だが、一度別れた二人が再び上手《うま》くいくとは、私には思えない」

だから、やめておけ——そう、言われた。

侑依の父は頑固な人だ。それは確実に侑依へと受け継がれている。

その父が、やめておけと言ったからには、この先も復縁に賛成はしてもらえないかもしれない。

俯《うつむ》いて、膝の上で手を握りしめる。その手に大きな手が重ねられた。

「お嬢さんを幸せにすると約束しながら、自分が至らないばかりに、お二人にはご心配をおかけしてしまって、本当に申し訳なく思っています。でも、一度は別れることになりましたが、彼女に対する僕の気持ちは最初と何も変わっていません。この先も傍にいて欲しいと思うのは侑依さんだけです」

冬季はそう言って、父に向かって深く頭を下げた。

侑依のせいで離婚することになったのに、両親へ頭を下げてくれる冬季に、申し訳ない気持ちでいっぱいになった。それと同時に、今度こそ絶対に冬季を大切にしなければと胸に誓う。

顔を上げた侑依は、両親に自分の気持ちをぶつけた。

侑依は、子供だった。だから、些細《ささい》な不安から間違った選択をしてしまったのだ。

でも彼を選んだことだけは間違いではない。

一度は間違ってしまった侑依だけれど、それだけは胸を張って言える。

だから、今度こそ諦めずに夫婦として努力していきたい。

この先たとえ何があっても、ずっと冬季の傍にいるために――

つっかえながらも、侑依は必死に思いのたけを伝えた。

父も最後は、好きにしなさいと言ってくれた。黙って聞いてくれていた母は、心配だからたまには連絡するようにと微笑んだ。

侑依は冬季と一緒に、両親に頭を下げ実家を後にしたのだった。

「どうなるかと思ったけど、認めてもらえてよかった……」

「侑依のご両親は、優しい人たちだ。君を見ていると、あのご両親に育てられたんだな、と納得する。それに、お義父《とう》さんなんて君とそっくりじゃないか、頑固だし」

冬季は笑いながらそう言った。侑依は一瞬だけムッとしたものの、頑固で意地っ張りな自分を理解しているので、反論するのは堪《こら》える。

「反論しないのか？」

「……だって、自分でも父と似てるって思うし」

「でも一瞬、ムッとしただろ？」

彼は侑依をよく見ているから、ほんの少しの表情の変化にも気付く。

だから何よ、と反射的に口に出しそうになるが、ぐっと我慢した。

「冬季さんが、頑固なんて言うから。でも、事実だから今日は素直に認めただけ。それに……もしかしたら父も、口ではああ言いながら、許してくれているのかもしれないと思って」

「だったらいいな」

「うん」

そうだといい、と心から思った。

結局のところ、両親にとって自分は、まだまだ未熟と思われているのだろう。

離婚した時、両親を失望させてしまったのも確かだ。

けれどもう一度彼とやり直すことを、心のどこかで応援してくれていたらいいと思っていた。

「侑依、よかったら、だけど……」

冬季にしては、珍しく歯切れの悪い様子でそう切り出し、一度大きく息を吐いた。

「よかったら、このまま僕の家にも行っていいか？　もう連絡してあるんだ」

もちろん、侑依に断るつもりはない。もともと、冬季のご両親にも挨拶《あいさつ》に行く予定だったのだ。

今日行くとは聞いていなかったけれど、すでに連絡してあるなら、行くべきだろう。

侑依は大きく深呼吸し、覚悟を決めた。

「……もちろん、行くしかないじゃない？」

「ありがとう……ただ、この前の見合いの件だったり、母には思うところがあるからね。その件については、父にも話しておかないと。こういうことを、父は嫌うから。母の思い込みには、いつも悩まされる……それに、侑依も母から嫌なことを言われるかもしれない」

ハンドルを切りながら、冬季は迷うようにため息をついた。

「たまに……どうしてあの父と母が一緒にいるのかと、不思議に思うことがあるんだ」

「え、それは……夫婦だから、じゃない」

「はぁ？」

冬季はあからさまに眉を寄せて、理解できないといった声を出す。

「だって……離婚して復縁なんかしちゃう私たちだって、人から見たら理解できないのかもしれないでしょ」

「それとこれとは、違うだろう」

「いろいろな夫婦がいるってこと。わかり合えることも、そうじゃないことも、全部ひっくるめて一緒にいるうちに、夫婦になっていくのかな……って」

離婚した時、冬季には侑依の気持ちがわからなかった。侑依も伝えなかったし、ただ離婚して欲しいとだけ要求して、離婚届にサインをしてもらったのだ。

けれどこうして自分たちが復縁できたのは、そんな侑依を変わらず彼が愛していてくれたからだ。

はっきり言って、冬季の母のことは好きではない。

でも、彼を産んでくれたことについては、何よりも感謝していた。

冬季がいなかったら、きっとこんなにも深く、人を愛することを知らずにいただろうから。

「夫婦だって、お互いにわからないことがいっぱいあるでしょう。でも、お義父《とう》さんとお義母《かあ》さんは、そういうのを私たちよりずっと前から乗り越えてきたんだと思うの」

そう言って、侑依は前を向いたまま複雑な顔をする冬季に微笑みかけた。

「二人にはきっと、私たちにはわからない二人だけの繋《つな》がりがあるんじゃないかな？　だから私は、一緒にいるのは夫婦だから、ってことだと思うんだよね」

侑依の言葉にどこか納得していないような冬季の顔を見て、可笑《おか》しくなってしまった。

「意味がわからないって、難しい顔してるのも、冬季さんらしくて私は好きよ」

彼はさらに意味がわからない、というように顔をしかめた。

そんな彼の隣で、侑依は、ああああ～、と声に出してため息を零《こぼ》す。

「やっぱり緊張するなぁ……冬季さんのご両親と会うの……」

「僕だって侑依のご両親に会うのは緊張したんだから、お互い様だろう?」

まったくそうは見えなかったので、侑依は驚きに目を丸くする。

「そうなの?」

「当たり前だろう」

「……でも、ありがとう。冬季さんがあんな風に言ってくれて、嬉しかったよ」

——彼女に対する僕の気持ちは最初と何も変わっていません。この先も傍にいて欲しいと思うのは侑依さんだけです。

冬季の言葉を思い出して微笑む侑依に、彼はフッと笑って首を横に振った。

「あれくらいなんでもない。全部本心だし」

そう言ってくれる優しい彼が、愛おしい。

だからこそ侑依も、彼の両親に会って、きちんと気持ちを伝えなくてはいけない。

もう一度、彼と一緒に生きていきたい——

冬季の傍にずっといられるよう、侑依も覚悟を決めるのだった。

覚悟を決めたのはいいけれど、いざ目的の場所に着いた途端、侑依は尻込みしてしまった。

＊＊＊

侑依が冬季の実家に来たのは数えるほどしかないが、立派な玄関の前で立ちすくむ。

いったい何を言われるのだろう……。それを思うと、胃がキリキリと痛くなってくる。

けれど、緊張する侑依の手を、隣にいる冬季がギュッと握って安心させるように微笑んでくれた。

「お義母《かあ》さんから、いろいろ言われそう」

「それはしょうがないな。ただ、僕たちは成人したいい大人だ。親は大切だが、人生を決めてもらわなくても、きちんと二人で生きていける年だ」

冬季は、母親に対して少し怒っているように感じた。

でも、お義母《かあ》さんが冬季に対して、より過干渉になったのは、きっと侑依にも責任がある。

緊張して、つい弱音を吐いてしまった。でも、こんな自分のままではダメだ、と思い直す。

何があっても冬季の傍を離れないと決めた。

だから、どんなにキツイことを言われても、それをちゃんと受け止めよう。その上で、もう一度、冬季と生きて行きたいと、それだけは何があっても譲れないのだと、伝えるんだ。

「ごめんね、私、少し弱気になってたかも」

にこりと笑って、侑依は冬季の手を強く握り返した。

「行こう、冬季さん。私が何を言われても、怒って言い返したりしないでね。私も、冬季さんと生きて行くって、きちんと言うから」

侑依がそう言うと、かすめるように冬季の唇が侑依のそれに触れた。

「行くか」

頷いた侑依を確認して、冬季がインターホンを押した。

そして、実家のドアを開ける。

待っていたかのように彼の母親が玄関に出てきて、侑依を見るなり渋面《じゅうめん》を作った。

「ああ、本当に侑依さんと来るなんて」

「電話で言った通りだ。上がっても？」

冬季が靴を脱ごうとすると、首を横に振って手のひらをこちらに向けてくる。

「話があるならここで。……それより冬季、あなた大城さんとのお話を断ったんですって？」

冬季は家に上がるのをやめ、まっすぐ母を見る。

「ああ。向こうも結婚にはあまり乗り気じゃなかったみたいだしね。僕の気持ちを話したら、あちらから断ると言ってくれた」

「なんてことしてくれたの！　あのお嬢さんだったら、あなたの仕事を理解して支えてくれたはずよ。それに、弁護士を目指すほど頭がよくて、綺麗な人だったのに。なんであなたは、自分にふさわしい人を断って、侑依さんを連れて来たりするのよ」

覚悟はしてきたが、冬季の母から向けられるキツイ言葉に、侑依の胸が痛む。

「……前にも言ったと思うけど、僕にはこの人しかいない」

きっぱりと母親に言った後、彼は侑依の手を強く握った。強すぎて、少し痛いくらいだ。

けれど、それが彼の自分に対する思いなのだと思うと、その痛ささえ心地よく感じる。

唯一無二の人と出会う幸運は、誰にでも起こるわけじゃない。

後悔ばかりだけど、離婚したことで初めて見えたこともあるのだ。

冬季の侑依への深い愛情はもちろん、自分の偽りない本当の気持ち。

そして、もう二度と大切な人を離してはならないということ。

冬季という存在が傍にいてこそ、侑依という人間が成り立つのだ。

「確かに私は、離婚という間違いを犯し、彼を深く傷付けてしまいました。お義母《かあ》さんの言うように、冬季さんにふさわしい妻ではなかったのかもしれません」

「侑依っ」

即座に否定しようとしてくれる冬季の手を強く握り返し、侑依ははっきりと義母へ告げた。

「それでも……もう一度、冬季さんと一緒にいさせてください」

そう言って、深く頭を下げる。

義母は眉を寄せ、尖った目で侑依を見た。そして、吐き捨てるように言う。

「あなたが、冬季と出会わなければよかったのに！」

「母さんっ！　いい加減に……」

声を荒らげる冬季を、咄嗟《とっさ》に止める。

「それでも私は、彼と出会ってしまった……私にも、彼しかいないんです。お願いします、もう一度、彼と一緒に生きていかせてください」

「勝手なことを言わないでちょうだい！　私は、あなたなんて認めませんからね……」

やっぱり言われてしまったなぁ、と思っていたら、冬季の父が玄関に姿を現した。

「もう、それくらいにしなさい」

「あなた!? だってこの人は、私たちの息子を……」

「二人とも自立したいい大人だ。自分たちで考えて決めたことなら、それを見守るのも親の務めだろう?」

はぁ、と息を吐いた後、義父は冬季と侑依を交互に見た。

「復縁するそうだな、冬季」

「はい」

「離婚してまた結婚なんて、決して褒《ほ》められたことではないが、そう決めたのなら今度はきちんとやり通すことだ」

冬季は一度瞬《まばた》きをした後、姿勢を正してしっかりと頷いた。

「はい」

その返事に小さく頷き返し、冬季の父は自身の妻を見る。

「冬季の人生は冬季のものだ。お前も、自分の考えを押しつけようとするんじゃない。いいな?」

「でも……!」

「冬季はお前じゃないんだから、違う考えを持っていて当然だ。冬季のためを思うなら、もう何もするな。黙って見守ってやれ」

ぴしゃりと言われて、彼の母は押し黙った。けれど、眉根を寄せ、侑依を拒絶するように睨《にら》んでくるのは変わらなかった。

「侑依さん。冬季の意思は尊重するが、私も今はまだあなたを家に上げることはできない。冬季は何も言わないが、君が原因で離婚したことくらい私にだってわかる。冬季は、自分で決めたことは最後までやり通す人間だ。だから、原因があるとすれば、あなただろう。でも、もう一度、冬季と生きていくと決めたのなら、私たちの息子を不幸にしないで欲しい」

――私たちの息子を不幸にしないで欲しい。

その言葉に込められた強い思いを受け止め、侑依は深く頭を下げた。

「はい、約束します。私はこれから何があっても、冬季さんを大事にし、ともに生きていきます」

侑依はどんな風に言ったらいいかわからなかったが、思いつく言葉を言った。

大事にしたい人は冬季だ。それだけははっきりしている。

侑依はこれから一生かけて、その約束を果たしていくと二人に誓った。

「また来年にでも顔を見せに来なさい。その時は、食事にでも行こう。だが今はまだ、二人の関係を祝福する気持ちにはなれない。だが、どんな風に生きるかはそれぞれの自由だから、自分たちがしたいように生きていきなさい」

完全に認めてもらえたわけではないけれど、一緒にいることを許してもらえたことが嬉しかった。

冬季は大きく息を吐き、それから「わかった」と言った。

「いつか二人にも認めてもらえるように、僕たちは必ず、幸せになるよ。……今日は、会ってくれてありがとう」

冬季が頭を下げたので、侑依も同じように頭を下げた。

義父に見送られながら玄関を出ると、ほっと肩の力が抜け、足元がよろめいてしまった。咄嗟《とっさ》に彼が支えてくれたので、みっともなく転ぶことは免《まぬか》れる。

「大丈夫か？　侑依」

「うん、大丈夫。なんか、力が抜けちゃって」

「そうだな。僕もなんだか、一気に緊張が緩《ゆる》んだ気がする」

冬季に支えてもらいながら、侑依は車の助手席に座る。運転席に回り込みエンジンをかけた冬季は、大きく息を吐き出してからゆっくりと車を発進させた。

「侑依、もう一つ行きたいところがあるんだが」

「今度はどこ？」

さすがに今日はいろいろあったのでかなり疲れている。

予想以上に心も身体も緊張していたらしく、できることなら家に帰りたいと思った。

だが、ここまで来たらもうとことん冬季に付き合おうと心を決める。

行き先を問うように顔を向けると、彼は迷いなく答えた。

「区役所。婚姻届を出そう」

「えっ⁉」

とことん付き合うと決めたけれど、まさかいきなり婚姻届を出すとは思わなかった。

さすがに驚き、大きく目を見開いて冬季を見つめる。

彼はあまり表情を変えないまま前を向いて運転しているが、ゆるぎない目をしていた。

「君と、籍を入れたいんだ。今すぐに」

「でも今日、土曜日……」

「婚姻届は、休日問わず二十四時間提出できる」

「もう。唐突過ぎるよ……」

「時機を考えて、明日、また明日、と先延ばしにしている間に、すれ違うかもしれない。

それだけは、どうしても避けたいんだよ」

最初は、些細《ささい》な気持ちのすれ違いだった。

でもそれによって、自分たちは離婚することになったのだ。

冬季の心の傷は、思った以上に深いのかもしれない。

「そう、ね……」

「侑依？」

「ごめんなさい、冬季さん。でも……たとえすれ違っても、私は、冬季さんと一緒にいたいよ」

「だからこそ、婚姻届を早く出したい。君を完全に僕のものにしたい」

赤信号で車が止まった時、冬季はこちらをジッと見た。

「嫌か？」

「そんなことない。私も冬季さんのものになりたい。あ、でも、保証人とか提出書類は？

ハンコもないし」

「全部揃ってる。後は侑依が記入するだけだ」

「用意周到……」

「愛している、侑依」

冬季は微笑んだ。とても優しく、彼が一番、素敵に見える表情で。

そんな顔をされてしまったら、たちまち心を射貫かれてしまう。

もっともっと、彼のことが好きになり、どうしようもなく彼に夢中になる。

「私も、愛してる」

自然と出た言葉に冬季は顔を寄せてくる。それを喜んで受け入れ、濡《ぬ》れた音を立て深いキスをする。

「あ……っ！」

彼の舌が上顎《うわあご》を滑り、舌を絡《から》めてきた。

そこで大きなクラクションが鳴らされ、二人とも我に返った。

唇を離した彼は、すぐに車を発進させる。

可笑《おか》しくなって、一緒に噴き出した。車の中に、二人の笑い声が響く。

「君は、本当に、僕をダメにさせる」

「何それ！　冬季さんからキスしてきたんじゃない！」

「だから、ダメにさせると言っている。やっぱり今日中に君には西塔侑依になってもらうよ」

可笑《おか》しそうに声を出して笑う彼に、もう、と思いながら侑依も笑う。

そして、シートに背を預け、大きく息を吐いた。

「よろしくお願いします。私をもう一度、西塔侑依にしてください」

侑依の返事に、彼はただ笑みを深めた。

「今度は、変更不可だから。わかった？」

「わかった」

「一生だぞ」

「はい」

心から、そして強く返事をすると満足そうな顔をされる。

また西塔侑依になる。

それは二回目だけど、まるで初心に帰ったような気がした。

新たな気持ちで、彼と生きる人生が、本当の意味で今日始まるのだ。

「西塔侑依になる前に、冬季さんに誓う」

侑依は大きく息を吸って、口を開く。

「病《や》める時も健《すこ》やかなる時も、一生ともに歩み、ともに助け合い、ともに慰《なぐさ》め合い、どんな時も冬季さんだけを愛することを誓います」

冬季は、なんだそれ、と言って少し眉を寄せた。

「それは、運転中に言うことなのか？」

淡々と、ちょっと不機嫌な感じで言われて、思わずムッとしてしまう。

「別にいいじゃない！　今急に言いたくなったの」

真剣に言ったのに、と唇を尖らせていると、運転中の彼がチラッとこちらを見る。

「どうせなら、きちんと向かい合っている時に言ってくれ。まったく侑依は……」

サッと車を区役所の駐車場に入れた彼は、車のエンジンを止めるなり侑依に小さくキスをした。

「同じく、君に誓う。誰よりも君を愛し、どんなに泣いて離婚を迫られても絶対にしない。この先、何があってもお互いがお互いらしくあるように生きて行こう。そして、いつか、君には僕の子を産んでもらう」

最後は誓いというより、この先の願望みたいになっていて、侑依は笑ってしまった。

「はい」

返事をすると、嬉しそうな顔をした冬季がキスをしてくる。

何度も唇を重ね深く舌を絡《から》ませ、愛しているとキスの合間に伝えた。

「んっ……婚姻届……」

「そうだったな」
と言いながら、またキス。
これからもよろしくお願いします、と思いながら区役所の駐車場でのラブシーン。
二人は警備員に声をかけられるまでキスを続けた。
ようやく車を降りた時、侑依の胸は幸せな気持ちでいっぱいだった。
並んで区役所へ行き、婚姻届を書く間も、ずっと手を繋《つな》いでいた。
これでは書きにくい、と互いに笑い合う幸せが、なんだかくすぐったかった。

番外編

君と歩く未来へ

1

冬季にちょっとしたパーティーへの出席を頼まれたのは再婚して三ヶ月目のことだった。

「比嘉法律事務所の、創立記念パーティー？」

いきなりの話だったため、朝食を取っていた侑依はちょっと戸惑う。

それは、これから出勤というタイミングで話す内容なのだろうか。

しかも、パーティーは今日から四日後だという。

……本当にいきなりすぎる。

「ああ、よければ、出席してくれないか？　事務所が二十周年らしくて、初めてするらしいんだ」

「……それをどうして、四日前に言うの？」

四日後は週末、土曜日だ。

事務所の創立記念パーティーなら、事前に予定が知らされていたはず。それなのに、なぜもっと早く言わないのか。

西塔冬季は誰が見ても素敵な男性だと思う。

弁護士という職業を抜きにしても、背が高くて整った顔立ちをしているし、女性だけではなく男性も時折振り向くほどのイケメンだ。

おまけに仕事ができて情に厚い人。

正論過ぎて言い方がきつい時もあるが、とても優しい人だ。だから人望もあり、若くして大企業の顧問弁護士を任されているのだろう。

とにかく彼は、非の打ちどころのない素晴らしい夫なのだが……唯一の欠点といえば、いつも話が急すぎるということだ。

「それって、もっと前から決まっていたことじゃないの？」

「そうだけど、ギリギリに言わないと君はいつもごねるから。所長たちにはすでに君と出席すると伝えてあるから、一緒に出席してくれないと困るな」

困るって何⁉　と思いながら、侑依は眉間に皺《しわ》を寄せた。

「ギリギリに言わなくても、ごねたりしないから。わかった時点でちゃんと言って」

「ごめん、悪かった」

なんだそれはと思いながら、口を尖らせる。

彼はその様子を見てただ微笑んだ。

「新しいドレスを、買いに行くか。一緒に」

コーヒー片手に機嫌よくそう言った冬季を見て、彼がギリギリまで黙っていた意図がわかった気がした。

「君は持っているドレスをいつも着回しているだろう？　侑依はちっとも僕にプレゼントをさせてくれないから、たまには君に似合うドレスを選んで着せたいんだが、どうだろう？」

ああ、やっぱり……と、侑依はため息をつく。

「久しぶりだし、別に着回しても……。そんなに盛大なパーティーなの？」

「比嘉法律事務所のスタッフ全員と、そのパートナー。後は、比嘉夫妻の親しい友人が来るくらいと聞いている。ただ、もしかしたら、クライアントが数人増えるかもしれない」

「じゃあ、新しくドレスを買う必要はないでしょう？」

「僕が君に着てもらいたいんだ。お願いだ、侑依。一緒に買い物に行って、僕の選んだ綺麗なドレスを着て欲しい」

お願いだなんて言われても、と侑依はため息をつくしかない。

この人は、なんでこうも侑依に対していろいろしてくれようとするのか。気持ちは嬉しいけど、あまり高いものを買ってもらうのは、侑依は庶民すぎて気が引ける。

「でも、本当に……買ってもらわなくてもいいんだけど……」

「前に買ったドレスはロング丈だったから、今度は膝丈はどうかな？　パンツスタイルも似合いそうだが、それじゃ色気がないだろう」

色気って必要？　と侑依は眉を寄せる。

それがわかっているだろう冬季は、クスッと笑った。

「たまには、色気を出して欲しいな。それに、侑依はいつも、意地を張って僕の提案を一度は退《しりぞ》けるから」

「そんなこと言っても……急に言う冬季さんだって悪いと思う」

「そうだな。でも、そうしないと、来てくれないんじゃないかと思って心配だった。僕はもう一度、君のパートナーになった。だから君も、僕の妻としてパーティーに来て欲しい」

真剣な目でじっと見つめられた。

そんな顔をされると何も言えなくなってしまう。

それに、彼の言う通り、侑依は冬季のパートナーだ。

夫が所属している弁護士事務所の創立記念パーティーとなれば、妻として出席するのは当然だろう。

比嘉法律事務所はいい仕事をする素晴らしい事務所ながら、少数精鋭の個人事務所である。

たぶん大企業の催《もよお》すような大きなパーティーにはならないはずだから、気負わなくても大丈夫だろう。

「色気はともかく、ちゃんと参加させてもらいます。冬季さんの、奥さんとして」

侑依がそう返事をすると、目の前の冬季が、どこかホッとしたような表情を見せる。

「よかった」

「急すぎていろいろ言っちゃったけど、一緒に行くのは当たり前のことだし。それに……事務所にも、私たちの離婚や再婚で迷惑をかけたと思うから」

冬季は離婚したその日、仕事をふいにしたと言った。つまり、侑依の行動が、間接的に比嘉法律事務所に迷惑をかけたということになる。

「冬季さん、私たちの離婚や復縁に対して、事務所の人から何も言われなかった?」

そんなわけはないだろう、と心の中でつぶやきながら尋ねる。

彼は、ほんの少し躊躇《ためら》った後、ため息をついて肩を竦《すく》めた。

「まったくないというわけじゃないな。だけど、許してくれているし、多少応援もしてくれている。だから、侑依は気にせずにパーティーに出席して欲しい」

冬季の言葉は優しい。だが、きっと本当はもっと何か言われていたはずだろうと、侑依は申し訳ない気持ちになった。

けれど、一緒に行くということは、直接謝罪できるチャンスでもある。何より、迷惑をかけた分、今が幸せだときちんと伝えなければいけないと思った。

「わかった。いつもごめんね、冬季さん」

「何がだ？」

テーブルに置いた手を取り、彼はギュッと握りしめてくる。

「僕は君がいてくれて幸せだ」

その言葉が嬉しくてただ微笑むと、冬季は「でも」と付け加えた。

「そんな幸せをくれる君が、着飾ってくれるのなら、なお幸せだな。だから、一緒にドレスを買いに行こう」

念を押すように言われ、侑依は俯《うつむ》きながらため息をつく。

「……わかりました」

「楽しみだ」

そう言って心底嬉しそうに浮かべる笑みは、きっと侑依だけに見せる顔だろう。

いつもはクールで、きつく感じるくらいの正論を言う彼は、外ではこんな風に笑わない。仕事の時に、こんな嬉しそうな顔なんて見せたことはないと思う。

だからこそ……自分は特別なんだと再認識する。

——この人は本当に私のことが好きなんだ。

だから、断られないように、わざとパーティーのことをギリギリまで言わなかった。

そして、新しいドレスを買おう、と甘やかしてくる。

「そうね。でも私は、どちらかと言うと、冬季さんとのデートの方が楽しみかな」

侑依が笑みを向けると、彼は優しい目で侑依を見つめた。

「僕もだ」

彼はさらに強く手を握ってくる。

そして、その手を自分の方へと引き寄せ、侑依の指先にキスをした。

朝からとてもラブな雰囲気に、目がくらみそうになる。

――あまりにも幸せ過ぎて。

＊　＊　＊

侑依と冬季は結局、パーティーの話をした三日後に出かけることになった。

仕事帰りに待ち合わせをし、買い物の後、夕食を食べて帰ることになっている。

本当はドレスを買うなら、パーティーの前日ではなく、せめて二日前にして欲しかったのだが、どうしても冬季の都合がつかなかったのだ。

しかし、侑依が一人で買いに行くと言ったら、それはダメだと強く反対された。

別にドレスくらい一人で買いに行けるのだが、きっと冬季は自分で選びたいのだろうと諦める。

けれど……彼の選ぶドレスは、かなりいいお値段のするものだろう。

それを思うと、ついため息が出てしまう。

正直、そういう高い服を着ると、どこかに引っかけたりしないようにとか、シミを付けないようになど、いろいろ気を遣うからちょっぴり苦手なのだ。

それでも久しぶりのデートは嬉しくて、ついオシャレな服を着て出勤した。

終業後、一日の仕事に取り零《こぼ》しがないか確認し終えた後、化粧室で軽く化粧を直す。

待ち合わせの時刻までまだ余裕があるのを確認して事務所の外に出ると、戻ってきた優大とばったり会った。

「今日はやけに綺麗にしてるな。旦那とデートか？」

ニヤニヤしながら聞かれて、侑依は唇を尖らせ彼を見上げる。

「そうだけど？」

「仕事帰りに飯食べに行くなんて、久しぶりだろう？　楽しみだな」

その言い方になんだか棘《とげ》がある気がして、侑依は眉をひそめる。

「なんか嫌味な言い方……」

「西塔のことだから、きっと美味《うま》くて高い店だろうな？　俺もそんな店に行ってみたいなぁ、って、ちょっと思っただけだ」

「確かに美味《おい》しいお店が多いけど、テーブルマナーのあるところは苦手だから……できれば気楽なところがいいな」

そう言って、侑依は肩を落とす。

実のところ高級なお店も苦手だったりする。自分でも面倒くさい女だと思うけれど、どんなに料理が美味《おい》しくても、テーブルマナーばかりが気になって気疲れしてしまうのだ。

そういえば離婚した後、彼にわざとそういうお店ばかり連れて行かれたのを思い出した。

「箸《はし》使うところだったら、別に大丈夫だろう？」

「まあ、そうなんだけどね……いつも冬季さんに任せてるから」

でもできれば、今日はお箸《はし》を使うお店だと嬉しいな、と思った。

「っていうか、優大。人のデートに水を差さないでよ。楽しみにしてるんだから！」

優大の肩を小突くと、「悪い」と言って、笑みを向けられた。

「お前がちゃんと幸せならいいんだよ。ニヤけた顔して出てきたから、ちょっとからかってやりたくなっただけ」

その言葉に胸がジンとする。

離婚してから、冬季との関係にずっとヤキモキさせていたことだろう。

「ありがとう」

「いや、楽しんでこいよ」

侑依の頭をポン、と軽く叩くと優大は背を向けて事務所へと入って行く。

もしかしたらまだちょっと心配させているのかもしれない。
けれど復縁し、もう一度、西塔侑依という名前になった。
今度こそ、何があっても絶対に彼の手を離したりしないから大丈夫だ。
これまでみたいに、優大に心配をかけたりしない。
それに、今の侑依は、本当に幸せだ。
もう一度、大好きな人の奥さんになったのだから。
「大丈夫だからね、優大」
ここにはいない彼へ、つぶやく。
ふと時計を見ると、待ち合わせの時刻が迫ってきていた。
「ヤバイ、急がないと！」
侑依は慌てて会社を出る。
上着を軽く直しながら、小走りで駅へと向かうのだった。

＊　＊　＊

待ち合わせの駅に着くと、改札から少し離れた柱のところに冬季が待っていた。

今日は早く切り上げると言っていたから、先に着いたのだろう。

慌てて足を速めると、彼に熱い視線を向ける女性がちらほらいることに気付く。

それを見て、不意に思い出す。

彼と再婚する少し前。こうして冬季と待ち合わせをしていた時、親しそうに女性に声をかけられていた。

その女性は冬季のことが好きなのだと一目でわかる美しい人だった。

後から、その女性が彼のクライアントだった有名モデルだと知った。

あの時は待ち合わせをしていたにもかかわらず、あまりにお似合いな二人の姿に引け目を感じ、逃げるように帰ってしまったっけ。

「やっぱり、イケメンだよね、冬季さんって」

細身のスーツを着たビジネス仕様の冬季は、ただ立っているだけでも周囲の視線を集めている。

芸能人顔負けのスラリとしたイケメンがいたら、誰だって目を奪われるというものだ。

現に、通り過ぎる女性たちがチラチラと振り返っていく。

侑依は足を止め、ぼんやりとその様子を眺めてしまう。

そうしているうちに約束の時刻になってしまい、急いで改札を出た。

冬季は声をかける前に侑依に気付き、こちらへ微笑みかけてくる。

いつも目にしているというのに、彼の笑顔にキュンとしてしまった。

熱くなる顔を意識しながら駆け寄り、彼に笑みを向ける。

「ごめんなさい、待った？」

「いや、そこまで待ってない。じゃあ、行こうか」

自然と手を繋《つな》いで歩きだす。

待ち合わせをした大きな駅には、直結する百貨店がある。

きっとそこに行くんだろうな、と彼の隣を歩いていると、案の定だった。

「やっぱり百貨店……？」

「専門店の方がよかったか？」

侑依が首を横に振ると、彼はフッと笑う。

「自分の好きなのを選んだらいい。ただし、あまり安いのは無しだ」

「え？」

彼が選んだドレスを着て欲しいと言われていたから、てっきり高級ブランドのお店でドレスを買うのかと思っていた。

侑依は、意外に思って冬季を見上げる。

「そんな顔をしなくても……。比嘉法律事務所の創立記念パーティーは本当に内輪だけのものだ。場所によってはドレスの質も考えるが、今回はそこまでじゃないから」

そうなんだ、となんだか肩透かしを食らった気分。

だったら、あまり気負わなくていいかと、繋《つな》いだ手を握り返す。

「なんか、ものすっごい高いドレスを買うのかと、ドキドキしてた。早く言ってよ、冬季さん……」

彼の腕を軽く揺らすようにして言うと、笑って肩を竦《すく》められた。

「それは悪かった。ついでに今日の夕食だが、どうしようか迷ったけど、その辺の居酒屋に行こうと思っているんだが、どうする？」

優大と話していたような、テーブルマナーに気を遣う高級店でなくてホッとした。と同時に、居酒屋と聞いてちょっと嬉しくなる。

「一般庶民の私には、そういう場所の方が落ち着く」

「ああ、知ってる。だからそうしようと思った。でも、たまには外で食事をして、そのまま泊まりたいものだな、侑依？」

口元に笑みを浮かべた冬季に、意味ありげな視線を送られる。

そんな風に誘うような言葉を口にされると、自然と身体が疼《うず》いてくる。

それだけこの人が好きなのだと自覚するとともに、そうしたいと思った。

「……今日は金曜だし、甘えてもいいなら、居酒屋に行った後、泊まっても……いいけど。……むしろその方がゆっくりできるし」

口にしながら、次第に顔が熱くなってくる。

ここは駅で、行きかう人々も多い。つい、周りの目が気になってしまった。

おずおずと視線を上げると、瞬《まばた》きをした彼がそっと前髪に触れてくる。

「じゃあ、そうしようか」

「……うん」

「どこがいい?」

「冬季さんに任せるけど、私は別にビジネスホテルでも……」

「それじゃ味気ないな。君はいつもそんなことを言う」

侑依の額《ひたい》を軽く突《つつ》いた彼は、手を引いて歩き出す。

「ホテルは後で選ぶとして、今は君のドレスだ」

百貨店に入り、彼はエスカレーターへと歩いて行った。

エスカレーターに乗り、彼は少し声を抑えて侑依に言った。

「君の方からホテルに誘われたのは初めてだな」

微笑んだ冬季が、繋《つな》いだ手の甲を親指で撫でる。

「付き合っていた時も、前に結婚していた時も、言ってくれなかった。それどころか、さっさと帰る時もあったくらいだ」

「それは……女の方からは誘い辛いでしょ？」

「こっちだって同じだ。初めて君にホテルを予約していると言った時は、緊張した」

フッと笑いながら侑依を見て、少し強く手を握る。

「嬉しいよ、侑依」

その言葉と、表情がどこか甘い。

侑依は一気に顔が熱くなり、下を向いて頬を撫でた。

そうしているうちにエスカレーターが上の階に着き、侑依たちはさらに上の階へ行くため乗り換える。

「最近、冬季さん甘いよね」

「君こそ、ずいぶん素直になった。余計に、愛しいな」

数段離れているとはいえ、自分たちの前後には人がいる。そんなところで、こんなに甘い話をしていいのだろうかと、大きく息を吐いた。

「この会話、やめない？　周りに人がいるし」

「そうだな、居酒屋で話そうか」

彼は目的の階でエスカレーターを降りると、侑依の手を離す。

「どこのショップがいい？　ここには君の好きな店も入っている。あそこのレース素材、好きだったろう」

確かに好きだけど、あまりリーズナブルとは言えないから、いつもお財布と相談して購入しているブランドだった。

「でも、本当にいいの？」

「ああ、好きなのを選んだらいい。膝丈がいいと思うが、それより長くても君は似合いそうだ」

その言葉にも甘さがあり、侑依は粉砂糖の上に転がっている気分になる。

「ありがとう」

「どういたしまして」

そうして微笑んだ彼の腕を引っぱり、目的のブランドの店の中に入る。

見上げると彼と目が合い、本当にどうしてこんなに幸せなんだろう、と侑依は心から思うのだった。

2

彼と買い物をした後、駅のすぐ近くにある居酒屋のチェーン店に入った。

金曜日の夜だが、スムーズに席へ案内される。

奥まった席は、まだそこまで混んでおらず、人もまばらだ。

今どきの居酒屋は、店員を呼ばなくてもタブレットで注文できるから楽だなぁ、と思う。

先に飲み物だけ聞かれたので、侑依は迷わずビールを頼んだ。

「生ビールでお願いします。冬季さんは？」

「僕も生ビールで」

上着を脱いだ冬季から、ほんのりいい匂いがした。チラッと居酒屋のスタッフに視線を向けると、彼女は冬季を見てちょっとだけ頬を染めている。

まぁ、そうだよなぁ、と内心納得してしまう。

「どうした、侑依？」

「ううん。やっぱり冬季さんはイケメンだなぁ、と思って。初めて見た時、私も見惚れちゃったし」

　出されたおしぼりで手を拭《ふ》きながらそう言うと、彼も同じように手を拭《ふ》き始める。

「僕も君を初めて見た時は、結構可愛い女だな、と思ったけど？」

「結構可愛い、ね……。ま、私はその程度だよね。けど……冬季さんにそう思ってもらえてよかったよ」

　我ながら険《けん》のある言い方をしてしまったかもしれない。そう思って、彼をチラッと見上げると、なんでもない顔で居酒屋のメニューを見ていた。

　無視か、と思ったけれど、さっきの言葉は無視されてもしょうがない。

　ただの愚痴《ぐち》だ。

　冬季は、結構カッコイイ、なんてレベルではなく、正真正銘カッコイイ。

　それはもう、誰が見ても間違いなく、イイ男なのだ。

　だから、どんなに女性が振り向いて冬季を見つめても、当然のことだと諦めるしかないだろう。

　それに冬季の場合、年を取るごとに大人の深みを増し、さらにいい感じに男ぶりが上がりそうな気がする。

　となれば、ずっとそんなことばかり気にしていてもしょうがない。

「侑依、その気のない女に声をかけるほど、僕は暇じゃない。何度も言うが、僕はあの時、君に惹かれたから声をかけたんだ」

彼はメニューを置いた。そうして、微笑む。

「大体、好きでもない女とのキスやセックスなんて、面倒だ。そんな相手に余計な気を持たせるよりも、たった一人の好きな女とがいいんだよ、僕は」

ビールを運んできたスタッフはさっきの彼女だった。とびきりの笑顔を冬季に向けて去って行くのを見て、つい頬を膨らませて彼を睨《にら》んでしまう。

しょうがないと思っても、やっぱりすぐに割り切るのは難しい。

冬季は、瞬《まばた》きをしてちょっとため息。

「侑依、聞いていたか？　僕の話」

「聞いてたよ」

「だったらなんだ、その顔は」

「いいでしょ……ちょっと、ヤキモチ焼くくらい」

そう、いつも彼を見つめてくる人にヤキモチを焼いてしまうからダメなのだ。

でも、それくらい素敵な人を夫にしてしまったのだから、もっと気持ちを強く持たなければならない。

彼と最初に結婚した時は、それがわからなかった。

でも、今ならわかる。

「好きなんだからしょうがないでしょ。……好きだから、他の女の人にあまり見つめられたくないって思っちゃうけど、それが冬季さんだから、しょうがない」

頬を膨らませた侑依は、そう言ってビールをゴクゴク飲む。

彼は目を細めて、侑依がジョッキから口を離すのを待ち、カチン、と自分のジョッキを合わせてきた。

「乾杯してから飲んだらどうだ?」

「だって……」

気まずくなってまた一口飲むと、笑った冬季が注文用のタブレットを手に取る。

「嬉しいよ、侑依。大切な妻が、ヤキモチを焼くほど僕を好きでいてくれて」

「それは……」

——なんだろうそのラブな発言は!

言葉の甘さに顔が熱くなったのを誤魔化すように、侑依はさらにビールを呷《あお》った。

「侑依、ビールのペースが速い。ほどほどにしなさい」

「別にいいでしょう?」

侑依は一気にビールを飲み干す。

「あまり酔い過ぎると、質のいいセックスができない」

口に残っていたビールをゴクンと飲み込み、目の前で笑う彼を見る。

「せっかくなら、お互い気持ちよく、程よいテンションでやりたくないか？」

平然とエロいことを口にする冬季に、侑依は彼の手からタブレットを奪う。

「こんなところでする話じゃないでしょう？」

冬季は苦笑して空《から》になったジョッキをテーブルの端に寄せた。

侑依はだし巻き卵を探してボタンを押し、さらに唐揚げも頼んだ。

「食べるのもほどほどにしないと、僕が乗っかった時に苦しいぞ」

「もうっ、だからそういうことは、ここではいいでしょ？」

いくら隣のテーブルに人がいないとはいえ、外で話すには濃厚すぎる。

「僕はこの後、君を抱くことしか考えてないけど」

今度は冬季がタブレットを奪い返し、注文をし出した。

何品か頼むと、すぐにスマホを手に取る。

「ホテルはどこがいい？」

「……さっきも言ったけど、私はビジネスホテルでも」

「君の意見は却下だな」

ふう、と息を吐き、スマホを操作する。

きっとホテルサイトを見ているのだろう。

「別にその、高いホテルじゃなくても……っていうか、その、ラ、ラブホ、とかでも……別に。あ、でも冬季さんは行ったりしないか……？」

「君は行ったことがあるのか？」

侑依がラブホを提案したのは、最近は高級ホテルに負けないほどキレイな場所もあると何かで読んだから。それに、冬季と行ったことがなかったから、提案してみただけだった。

「そっちこそ、行ったことあるの？」

「君が言わないなら、僕も言いたくないな」

今度は冬季がムッとしたような顔をして、ビールをゴクゴク飲んだ。

どうやら、今度は冬季がヤキモチを焼いているらしい。

「学生の頃、一回だけ」

「……聞きたくなかったな」

彼がビールを飲み干し、テーブルの端に置くのを見る。冬季の方が飲むスピードが速かったなと思い、侑依はお代わりのビールを頼むためにタブレットを手に取る。

「冬季さんは？」

「ない」

「じゃあ、彼女か冬季さんの家でしてたんだ？」

ふーん、と思いながら言うと、彼がこちらを見る。

「そういう、いかにもヤリに行きます、みたいな場所に行きたくなかっただけだ。学生の本分は勉強」

「大人になってからは？」

そういえば、今まで彼とこういう話をしたことがなかった。

というか、こういう話はしない方がいいと思っていた。

でも、冬季とは二度目の結婚だし、なんだか、これくらい突っ込んだ話をしてもいいような気がしてきたのだ。

「僕は、女性とは楽しい付き合いができればよかったんだ。結婚なんて考えていなかったし、それこそ、君の言うビジネスホテルを結構使っていたな。仕事も忙しかったし、待ち合わせをするには最適だった」

楽しい付き合いができれば、というのは前にも冬季に言われたことがあった。

けれど、彼が女性と会うのにビジネスホテルを使っていたということに、侑依は目を丸くする。

「冬季さんが、待ち合わせにビジネスホテル？　私とは……使ったことないよね」

「そうだな。だから言っただろう？　君は僕にとって、ただ楽しい付き合いができればいいだけの人じゃなかった。本気だから、君にはいろいろと格好をつけていたわけだ。だが格好をつけすぎて、一度離婚する羽目になった」

そう言ってため息をつき、軽く肩を竦《すく》める。

「……ビール、お代わりする？」

「ああ」

タブレットで生ビールを二つ頼み、彼を見た。

冬季はいつも、こうして言葉をくれる。

そんな彼に、侑依は本当に酷いことをしてしまったのだと、改めて思う。

自分とは初めから、本気の付き合いだったと告白した冬季。

彼は侑依と泊まる時は、必ず素敵なホテルに連れて行ってくれた。

身体を重ねるたびに、夢見心地のような、まるでお姫様になったみたいな気持ちにさせてくれて、いつも彼にクラクラしていたのを思い出す。

それだけ、冬季は侑依を大切にしてくれていたのだ。

「冬季さんと出会えて、本当によかった。大切にしてくれて、嬉しい」

自分の気持ちを素直に言葉にするのはやっぱり恥ずかしい。

けれど、今度は間違えずに、彼の気持ちに応《こた》えていきたい。

そうやって、夫婦の絆《きずな》を深めていけたらいいと思う。

「最初から大切にしているだろう？　僕には君だけだ」

ちょうどその時、注文した料理が次々と運ばれてきた。

美味《おい》しそうな料理を見て、さっそく箸《はし》に手を伸ばすと、彼も同じようにする。

「それで？　君はラブホテルに行きたいのか？」

「んー……やっぱりやめる」

仕事帰りの冬季は素敵なスーツ姿だから。

「冬季さんが格好つけてくれるような、素敵なホテルを希望してもいい？」

あまり高級なホテルは正直気が引けるのだけど、でもなんだか、今日はそうしたい気分だった。

「もちろん」

冬季はスマホを操作し、さっさとホテルを決め予約を入れたようだった。

「どこにしたの？」

「君の言う、素敵なホテルだ」

そうして微笑んだ彼を見て、心臓が高鳴る。

それと同時にお腹が、小さく音を立てた。

「食べてからね」

「ああ、ほどほどに食べて、大人の時間を楽しもう」

結局最後はちょっとエロい言葉を言われ、侑依は視線を逸《そ》らす。

でも、彼の言う大人の時間に期待してしまうのだった。

＊　＊　＊

冬季が予約を取ったのは、東京駅直結のホテルだった。

ビックリするくらい素敵なホテルだ。

侑依も写真でしか見たことがないが、ベッドや調度品に至るまで、とても素敵だったのを覚えている。

「こんないいホテル、本当にいいの？」

「いいから取ったんだ。素敵なホテルがいいと言ったのは君だろう？」

ホテルのロビーで他愛ないやり取りをして、さっさとチェックインする冬季を横目に見つつ、なんだかドキドキが強くなってくる。

これからすることを考えて、一度落ち着こうと、ゆっくりと息を吐き出した。

そういえば、冬季は避妊のアレを持っているのだろうか。

だが、あってもなくてもどちらでもいいだろう。また結婚して、家族になると決めたのだから、別に子供ができても……と、気を取り直す。

部屋のキーをもらった彼は、侑依の手を取りエレベーターへと向かう。

目的の階を押した後、彼は侑依を見た。

「スタンダードダブルしか空《あ》いてなかった」

「別に、構わないよ。嬉しいし、素敵なホテルで」

二人きりのエレベーターだから、侑依は軽く彼に寄り添うように身体を近づける。

「冬季さん、今日は、あの……ゴム、とかないよね？」

一応、小さな声で聞くと彼は微笑んだ。

「なかったらどうする？」

「……それなら、仕方ないというか……」

「あるよ。君に誘われなかったら僕から誘おうと思っていたからね。まあ、適当に買ったものだから、使い心地が悪かったら着けないかもしれないな」

フッと意地悪く笑った彼に、侑依は頬を染めて下唇を噛む。

「いいよ、それでも。私たちは夫婦だし……いつかは、冬季さんの子供を産むって約束したし」

繋《つな》いだ冬季の手をギュッと強く握る。

「ああ、そうだな」

ホテルの部屋は、エレベーターを降りてすぐのところだった。

カードキーでドアを開け、それを壁のホルダーに差し込み部屋の明かりを点《つ》ける。

冬季は手を離し侑依を中へ促《うなが》した。

スタンダードと言ってもさすがに広く、ややレトロな調度品や窓に感嘆のため息が零《こぼ》れる。

青を基調とした色遣いがとても素敵だ。

「凄い、めちゃくちゃ素敵！」

「そうだな」

笑みを浮かべて振り向くと、彼は上着を脱ぎハンガーにかけていた。

「侑依、風呂はどうする？　入るか？」

「あ……」

そうだった、と一つ忘れていたことを思い出す。

「私、替えの下着がない」

「だったら下のコンビニで買ってきたらどうだ？　その間、僕は先にシャワーを浴びている」

そう言って彼は、ネクタイに指を入れて解く。

それを見て侑依の心臓がドキドキと高鳴り始める。

冬季のような色気のある男性がネクタイを解く姿は、あまりに目の毒だ。いつ見ても慣れなくて、ソワソワと落ち着かなくなってしまう。

「……じゃあ、買ってくる」

冬季はスペアのカードキーと、自分の財布を侑依の手に載せた。

「いいよ、自分で出すから」

「いいから持っていきなさい」

有無《うむ》を言わさずといった様子の夫に、侑依は素直に頷いた。

「最近は素直でよろしい」

そう言って頭を撫でる冬季に、なんとも言えない気持ちになりつつ、背を向けて部屋を出る。

「……素直にもなるよ。私だって、いつまでも意地を張っているわけじゃないんだから」

もう一度エレベーターに乗り、ホテルの一階まで下りた。

コンビニで女性用の下着を手に取りながら、ふと冬季の分をどうするか考える。しかし、すぐに内心で首を横に振った。

きっと彼は着替えを持っているのだろう。

仕事で帰れないこともある冬季は、いつも軽いお泊まりセットを仕事鞄《かばん》に入れているからだ。

侑依は自分の分の下着と、どうせなら、と二人分のビールをかごに入れ精算した。

すっきりと整理された財布はいつ見ても感心する。

「やっぱり、このお財布いいな……」

とても使い勝手がよくて、いつかお揃いで欲しいと密かに思っていたものだ。

しかし、一体いくらするかわからないし、欲しいなどと口にしようものならポンと買ってくれそうなので、どこで購入したのか聞けないでいた。

そんなことを考えつつ侑依が部屋に戻ると、冬季はシャワーを浴び終えホテルのナイトウエアに着替えていた。

「お帰り。侑依のナイトウエアは、浴室に置いておいたから」

「ありがとう。ビール買って来たけど、飲む？」

袋を見せると、彼は笑みを浮かべて受け取った。

「ああ、ちょうど喉が渇いてた」

一本取り出し、さっそくとばかりに開けて飲む。嚥下《えんげ》するたびに動く喉がなんだか、エロい。

今からそういうことをするから、余計にそう見えるのだろうか……

「シャワーしてくる」

「ああ」

侑依は買ったばかりのショーツを手に、浴室へと向かった。

さすがにバスルームも広くて綺麗だった。

大きな鏡と、ピカピカに磨かれた洗面台。浴室にはガラス張りのドアがついていて、バスタブは広くゆったりしている。

冬季は侑依が泊まりたいと言った、素敵なホテルを取ってくれた。

これだけでも、充分お姫様気分。

侑依の幸せメーターは当然ながらマックスである。

でも、これが当たり前になってしまうのは怖い。

なので、どんなに嬉しくても、こういうお願いは、たまにしか言わないでおこうと思った。

侑依が手早くシャワーを浴び終えると、彼は椅子に座ってビールを飲んでいた。

「髪の毛、乾かしたか？」

「うん」

彼は立ち上がって、侑依の近くに来る。

「私も、ビール……」

「いいだろう、飲まなくても」

彼はそう言って侑依の髪の毛の中に手を入れ、こめかみにキスをする。そのまま身を屈《かが》めて首筋に顔を埋《うず》め、耳元に唇を寄せた。

「侑依、欲しい」

その言葉に一気に体温が高まり、身体の中が疼《うず》き始める。

「……ゴム、は？」

「枕の下」

「……用意周到だ」

「早く抱きたいからな」

冬季の唇が、侑依のそれにチュッと音を立てて触れる。

直後、身体がふわりと浮いて、彼に抱き上げられたのだとわかった。

そのままベッドに運ばれ、横たえられる。

「冬季さん、ゆっくり、して」

熱い息を吐きながら言うと、彼は苦笑した。

「一度目は無理かもな。もう、下半身がヤバイ」

彼は侑依の手を自身の昂《たかぶ》りへと導く。

ソコはナイトウエアの上からでもわかるくらい、はっきりと主張し張り詰めている。

今すぐにでも、侑依の中に入りたくて堪《たま》らないといった風だ。

撫でるとさらに膨らみを増し、冬季が目を細める。

「あまり触ると、さっさと突っ込みかねない」

「冬季さんがそうしたいなら、いいよ」

フッと微笑んだ彼が、侑依のナイトウエアのボタンに手をかける。

「あまり煽《あお》るなよ。きちんと、君の身体を愛したいんだから」

その言葉に、思わず脚を摺り寄せてしまう。

身体の奥がジンと疼《うず》き、下半身が潤《うるお》ってくるのがわかる。

せっかく身に着けた新しいショーツが、すぐにダメになってしまいそうだ。

「……早く、下着を脱がせて」

彼の腰に脚を摺り寄せると、ナイトウエアのボタンを半分外した彼の手が太腿《ふともも》に触れる。

大きな手がショーツにかかり、侑依は腰を上げて脱がすのを手伝った。

冬季はすぐに侑依の秘めた部分に触れてくる。

「もう、だいぶ濡《ぬ》れているな」

「私も、早く冬季さんが、欲しいから」

ボタンを外されたナイトウエアを開かれ、侑依の胸が露《あら》わになる。彼は片方の手で胸の先端を押すように刺激した後、ゆっくりと揉《も》み上げながら唇を近づけてきた。

「あ……っ」

音を立てて吸われ、侑依は唇を開き甘い声を出す。反対の胸も同じように吸われ、快感という名の熱が一気に身体中を駆け巡《めぐ》ってきた。

「愛撫《あいぶ》もそこそこに入れたくなるのは、君だけだ」

ソコはもう充分に潤《うるお》っていて、隙間を撫でる冬季の指がスムーズに動く。侑依の入り口に触れた彼の指が、音を立ててすんなり奥まで入ってきた。

「は……っん！」

侑依の腰がビクンと跳ねる。

すぐに中の指が増やされ、的確に感じるところを刺激された。

堪《たま》らず彼の頭を抱きしめ名を呼ぶと、彼が息を呑んだのがわかった。

「あっ……冬季さ……っ」

「っ、本当はもっと、楽しいセックスが好きなんだがっ」

彼は性急にナイトウエアの前をたくし上げ、自身の下着を下げる。勢いよく出てきた、大きな質量を見て、侑依は熱い吐息を漏《も》らした。

避妊具を着けるのを待つ間にも、もうすでに入れて欲しくなっている。

彼が侑依を欲しがり、こんなにも熱く大きくしているモノを早く入れて欲しい。

「冬季さん……ゆっくり、早く、入れて」

「難しいことを言う」

フッと笑った冬季は、侑依の脚を開き自分の腰を近づける。

「侑依は、時間をかけて高め合わなくても、僕を興奮させる。早く君の中に僕を入れて、思い切り突き上げたい」

そう言いながらも、彼は一向に入れる気配を見せず、侑依が濡れているのを確認するように指を出入りさせる。

「あっ……っん……っふ」

彼に触れられている――ただ、それだけで気持ちがよくて、下腹部の疼《うず》きが増した。

早く冬季を入れて欲しくて、侑依は無意識に腰を揺らす。

「はや……く、きて」

「侑依は、本当に……僕をダメにするっ」

強く腰を掴《つか》んできた冬季は、侑依の隙間に何度か自身のモノを滑らせた後、ぐっと押し入ってきた。

水音を立てて先端が入ってくる。

「あ……あ……っ」

待ち望んだ圧迫感にジンと奥が痺《しび》れ、侑依は身を震わせながら彼を受け入れた。

「吸い付くようだな……持って行かれそうだ」

ため息のように囁《ささや》かれる、熱く掠《かす》れた冬季の声にも感じてしまう。

ゆっくりと最奥《さいおう》まで埋《うず》められ、侑依の口から、はぁ、と息が漏《も》れる。

ソコはまるで、最初からこうして一つに繋《つな》がるためにあるように、ぴったりと彼を包み込んでいた。

「やっと、いっぱいになった気がする」

フッと笑って、冬季が侑依の頬を撫でる。

「僕としては、もう少し楽しんでから入れたいと思うんだが……君と早く繋《つな》がりたい気持ちばかりは、どうしようもないからな」

そう言って、彼が腰を使い始めた。

彼の動きに合わせて、侑依の身体が上下に揺さぶられ、胸も激しく揺れていた。

「エロいな、侑依」

喘《あえ》ぎながら、内心でそっちこそ、と思う。

侑依と一つになっている時の彼は、本当に気持ちよさそうな顔をする。

表情に色っぽさが増し、おまけに汗ばんでしっとりした肌が堪《たま》らなくセクシーで、侑依の中はキュッと彼を締めつけてしまうのだ。

「侑依、あまり締めると持たないっ」

「私も、同じ……すぐ、イキっ、そう……」

気持ちよすぎて、ぐっと彼の腰を強く脚で挟む。

冬季に向かって手を伸ばすと、腰を揺らしながら抱きしめてくれた。

「あっ……次は、もっと、ゆっくり……」

「当たり前だ……っ」

彼の腰の動きが、一際速くなる。

急激に求め合い、二人とも短時間で達してしまった。

「ああ……っ！」

「侑依っ」

何度か強く腰を打ち付けられ、お互いが同時に快感を解放する。

二人は息を乱しながら、しばらく無言で抱き合っていた。

少しして、先に呼吸が整った彼が起き上がり、こめかみを流れる汗を拭《ぬぐ》う。

見るとどちらも、結構汗をかいていた。

それだけ、この行為に夢中になっていたのだとわかる。

「ったく、君とのセックスは……度々僕を思春期の子供にさせるな」

可笑《おか》しそうに笑った彼は、侑依の中から自分のモノを引き抜こうとする。

「や……まだ、抜かない、で」

「ゴムを、替えるだけだ」

「や……っあ！」

侑依の中から彼が去ると、途端に喪失感が強くなる。

「冬季さん……っ」

「そんな顔をしなくても、すぐに入れる」

枕の下から新しいゴムを取り、手早く着け直すと、すぐに侑依の中へ自身を収める。

「う……っん！」

一つになったこの感じがとても好きだった。

彼の身体を引き寄せ、侑依は自分からキスを求める。

望み通り優しいキスをされ、侑依は自然と腰を揺らした。

「今日の侑依は、欲しがりだな」

「いけない？」

「いや、とても嬉しい。本当に、嬉しいよ、侑依」

彼はもう一度、今度は少し深いキスをしながら侑依の腰を撫でる。そうして、ゆっくりと奥を突き上げた。

小さく声を上げる侑依に、微笑む。

「次はじっくりと、時間をかけて愛してやる」

そう言って、大きな手が胸を覆《おお》ってくる。柔らかく揉《も》み上げつつ、硬く尖った先端を指で摘《つ》まんだ。

「んっ……あ……」

首筋に顔を埋《うず》められ唇と舌で愛撫《あいぶ》されると、ぞくりと身体が震えた。彼と愛し合う喜びに、侑依の目から涙が溢《あふ》れてくる。

——この人が好きで、誰より愛している。

心の底からそう思い、冬季の背に手を回すのだった。

3

冬季と素敵なホテルで一夜を過ごした翌日。

夕方から始まる比嘉法律事務所の創立二十周年記念パーティーに行くため、侑依は準備をしていた。

今日の装《よそお》いは、昨日冬季に買ってもらったドレス。

オレンジピンクの膝丈のドレスは、繊細《せんさい》な刺繍《ししゅう》の上にレースを重ねた非常に手の込んだものだった。

ここは侑依の好きなブランドで、一つ一つが職人による丁寧な手作業で作られている。刺繍《ししゅう》など細部までこだわっていて素晴らしいのだ。

その分ちょっとお値段が張るのだけれど、フォーマルなものはこの店で買うことが多い。

身支度を整えた侑依は、最後に左手の薬指に冬季からもらった指輪を嵌《は》めた。

新たな気持ちで、キラキラ輝くそれを明かりの下にかざす。

「用意できたか？　侑依」

ノックの音とともに彼に声をかけられ、振り向く。

今日の冬季は、水色のシャツにネイビーのネクタイを合わせ、濃いブラウンのスーツを着ていた。

少し光沢のある落ち着いたスーツがとても似合っていて素敵だ。

「綺麗だ、侑依。その髪は、巻いたのか？」

長い髪の下の方だけコテでクルクルに巻いて、全体的にユルフワな印象にしていた。

近づいてきた冬季が髪をひと房手に取り、軽く指先で梳《す》いて肩に流す。

「そう。これくらいが華やかでいいかな、って」

「君はこういう髪型も似合うな……初めて見た」

彼と出席したことのあるパーティーは、大抵フォーマルなものが多かったので、いつも髪は美容院でセットしてもらっていた。

けれど、今回は内輪だけの、カジュアルなパーティーらしいから、これくらいのアレンジでもいいかと思ったのだ。

「いつもは、美容院でセットしてもらってたから」

「ああ。だけど、こんな風に髪を下ろした侑依は好きだな。首元が見えるのも、そそられていいけど」

　そそられるなんて言われて、ほんの少しドキッとした。

　だが侑依は、一呼吸おいて何事もなかったかのように微笑む。

「そうかな」

「そうだ。今年の夏は、上げた髪に似合うピアスを選ぼう」

　そんなのいいよ、と言いたくなるのをグッと抑えた。

　やっぱり、高価なものを買ってもらうのには、抵抗がある。

　だけど彼は、今まで侑依が異性と経験してこなかったことを、してくれようとする。

　美味《おい》しい食事や、素敵なホテル。そして高価なアクセサリー……

　彼が侑依を思ってしてくれることを、素直に嬉しいと思う反面、本当に自分がもらっていいのかと戸惑う気持ちになるのだ。

　それでも、この先もずっと一緒にいるなら、こういうことも少しずつ受け入れていくべきなのかもしれない。

「ありがとう……でも、その時は私にも一緒に選ばせてね」

「さぁ、どうしようかな。君は僕が選ぶものをやんわり拒否して、本当に身に着けて欲しいものを買わせてくれなさそうだから」

こっそり思っていたことを言い当てられてしまったが、そこはただ微笑む。

「そんなことないと思うけど……それより、時間大丈夫？」

彼は腕時計を見て、そろそろ行くか、と言った。

「じゃあ、タクシー呼ばないと」

「僕が呼ぶからいいよ」

そう言って、冬季はポケットからスマホを取り出し慣れた様子で電話する。

いつも頼んでいるタクシー会社だから、対応もとてもスムーズだ。

「五分後に着くらしい」

「それなら、靴《くつ》を履いて下に行ったらすぐね」

冬季が頷いたのを見て、侑依はクラッチバッグを持って部屋を出た。

冬季も後ろからついて来て、玄関へと向かう。

マンションの部屋を出て階下へ下りると、それほど待たずにタクシーがやって来た。

二人はそれに乗り込み、パーティー会場へ向かう。

侑依にとっては、公《おおやけ》のパーティーは久しぶりだった。

しかも、復縁してからは初めてとなる。

さすがに緊張してきて、無意識に大きく息を吐く。

それに気付いたのか、冬季が侑依と手を繋《つな》ぎながらこちらを見る。
「侑依、今日は内輪だけだ」
「うん、わかってる」
そう微笑んで見せたものの、やっぱり緊張してしまう。
今日は、比嘉法律事務所のパーティーだ。その関係者も少数とはいえ来るという。
つまり、参加者のほとんどが、冬季と侑依の事情を知っているのだ。
何より事務所のスタッフには、離婚と再婚の件で迷惑をかけてしまっている。
侑依は冬季の手を握り返し、深く深呼吸した。
そして顔を上げて、冬季にしっかりと頷く。
彼の妻として、きちんと挨拶《あいさつ》をしよう。
――お久しぶりです、いつも夫がお世話になっております。
――その節はご心配をおかけしました。
いろんなワードが頭を巡《めぐ》る。
きっと上手《うま》い挨拶《あいさつ》などできないだろうな、といつもの自分を顧《かえり》みて思った。
それでも、彼のパートナーとして自信を持とう。
そして、常に笑顔で冬季の隣にいようと心に決めるのだった。

＊＊＊

パーティーの会場は、結婚式などでよく使われる場所だった。

そういえば、以前友人の結婚式でここに来たことがあったなぁ、と侑依は懐《なつ》かしく思い出す。

建物を眺めながら冬季の隣を歩いていると、先に着いていたらしい大崎千鶴に手を振られた。

「侑依さん！」

笑顔で名を呼ぶ彼女に、侑依も笑って手を振る。

「大崎さん、お久しぶりです」

侑依にとって姉のような存在でもある千鶴を見ると、なんとなくホッとした気持ちになる。

今日の彼女は、華やかな赤いドレスを身に纏《まと》っていて、いつも以上に美しかった。

「大崎さん、綺麗！　それに凄く素敵なドレスですね」

「侑依さんこそ。……そのピンクいいわ。刺繍《ししゅう》もめちゃくちゃ綺麗」

「ありがとうございます」

しばらく千鶴との会話を楽しんでいると、一人の男性が近づいてくる。

不思議に思って視線を向けると、千鶴が男性に向かって笑みを浮かべた。

千鶴の隣に立ったその男性は、冬季に比べると少し低いが、背の高いかなりのイケメンだった。

「お二人に紹介します。私の婚約者です。……彼とは、もうずいぶん長い付き合いになるんですけど、このたびようやく、結婚することになりました」

とても嬉しそうに頬を染める千鶴が、凄く綺麗だった。

いつもより美しく見えたのは、きっとこのためかもしれない。

「大崎さん！　おめでとうございます！」

「ありがとう、侑依さん」

「婚約者の方、カッコイイですね！」

顔を近づけてこっそりと囁《ささや》くと、千鶴も顔を寄せて幸せそうに笑った。

「まぁ、そこにいる弁護士先生には負けますけど、私は誰よりも素敵な人だと思ってます」

微笑み合って冬季を見ると、彼はフッと笑ってお祝いを口にした。

「おめでとう、大崎さん。やっとだね」

「ええ。やっとです。……西塔さんが侑依さんと復縁したって聞いて、大事な人は手離さない方がいいと思ったんです。だから、私から彼に逆プロポーズですよ」

千鶴は婚約者を見上げて、わざとらしくため息をついた。

「彼には今日、近々私のパートナーになるんだから、って言って、無理やりついて来てもらったんです」

そう言って彼女は、ちょっと強引に彼と腕を組んだ。

さっきから千鶴に押されっぱなしの彼は、どこか照れ臭そうに笑って、彼女を見つめている。

二人の間には、なんとも言えない空気感があった。

きっと千鶴には、この人しかいないんだな……と、伝わってきた。

「あ、そろそろ時間ですね？　会場に入りましょうか。……あ、でも、侑依さんと西塔さんにとっては、招かれざる客も来ていますよ」

千鶴が軽く肩を竦《すく》めてそう言ってきて、侑依は首を傾《かし》げる。

——招かれざる客？

「会場に入ったらわかりますよ」

千鶴は、入りましょう、と再度言って婚約者と会場の入り口へ向かう。

ドアを開けて中に入ると、もうすでに主催者の比嘉夫妻は来ていた。

その他にも、明らかに事務所のスタッフではない人がちらほら見える。

その中にハッとするほど美しく、スタイルのいい人がいた。

彼女が誰か認識した侑依は、ああ、と思った。

先ほど、千鶴の言っていた言葉が脳裏によみがえる。

『侑依さんと西塔さんにとっては、招かれざる客も来ていますよ』

――宮野亜由子《みやのあゆこ》。

冬季のことが本気で好きだから諦めないと、はっきり宣言してきた人気モデルだ。

彼女は以前、冬季が弁護を担当したクライアントで、その時から彼に好意を持っているのだと聞いていた。

今日の亜由子は、バックリボンが美しいピンク色のドレスを着て、白くて綺麗な背中を大胆に見せている。

スタイルのよさを際立たせるスリムなデザインで、さすがの存在感を放っていた。

「宮野さん……」

『ねぇ、どうして離婚したのにまだ奥さん面《づら》してるの？』

そう、綺麗な顔で鋭く睨《にら》まれたことを思い出す。

侑依は思わず、冬季の腕をギュッと握る。

すると、すぐに彼がその手をポンポンと小さく叩いた。

「どうした？　奥さん」

奥さんと言われ、ハッとする。

そうだ……自分はもう、冬季と復縁し、正式に彼の妻に戻ったのだ。

そのことに、どこかホッとする。

侑依は自分の左手に光る指輪を見て、小さく微笑む。

そして、冬季を見上げた。

「なんでもない」

「そうだな、なんでもないな、侑依」

フッと笑った彼の表情に、さらに背中を押された気がした。

穏やかで優しい、侑依だけに見せる表情。

じっとこちらを見ている亜由子のもとへ、冬季とともに近づいて行く。

「こんばんは、宮野さん。まさかあなたが来ているとは思いませんでした」

冬季がそう言うと、彼女は微笑み冬季との距離を詰めてくる。

相変わらず綺麗な人だと思った。

二重瞼《ふたえまぶた》の大きな目と、美しく弧を描く瑞々《みずみず》しい唇。

可憐さと色気を両方感じさせる美人だ。

「西塔さん、お久しぶりです。どうしてもお祝いに来たくて、美雪さんに頼んで来てしまいました。快《こころよ》くOKしてもらえて、嬉しかったです」

そう言ってにっこり笑った時の、彼女の赤い唇が艶《つや》やかでキレイだった。

侑依は薄いグロスしかつけていない自分の唇が、急に気になってくる。

自分にはあまり色の濃いリップは似合わない。それに、濃い色のリップをつけたらつけたで落ち着かなくなるのがオチだろう。

彼女と競うつもりはないけれど、女子力の違いに少しだけ肩を落とす。

「比嘉法律事務所には、いつもお世話になっているので、美味《おい》しいワインを持ってきたんです。一緒に飲みませんか？」

亜由子は自然な仕草で冬季の腕に触れた。

しかし冬季は、その手をさりげなく外し、口元だけに笑みを浮かべる。

「お気遣いありがとうございます。ワインは、後ほど彼女と飲ませていただきますよ」

彼女、と言いながら、冬季は侑依の腰を抱いて、優しく微笑みかけてきた。

突然のことに、侑依の方が驚いてしまう。

そこで初めて、亜由子の視線が侑依を捉《とら》えた。

「……侑依さんは、どうしてここに？」

心底どうして？　と言わんばかりに首を傾《かし》げられる。

それを見て、「強いなぁ」と思った。

華やかな場所に身を置いて仕事をするということは、それだけ、自分に自信がなくてはできないことだろう。

まして、人気のある彼女ならなおさら、気が強くて当たり前だと思った。

けれど自分も、冬季の隣にいるために、以前より少しは強くなったはずだ。

侑依は一度、彼を見つめてから、正面の亜由子に笑みを向ける。

「復縁したんです。僕と侑依は、また正式に入籍して、夫婦になりました」

侑依が口を開くより先に、冬季が復縁したことを告げる。

「彼女とは、この先も二人でずっと生きて行こうと、約束したばかりです」

そう言って、冬季が侑依を優しく見つめる。

その表情に、一歩前に進むよう促《うなが》された気がした。

侑依は微笑んで頷き、亜由子に頭を下げる。

「いつぞやは、大変失礼しました。今日は、彼のパートナーとして出席させていただいています。御存じの通り、西塔とはいろいろありましたが、話し合って、もう一度人生をともに歩くと決めました。これからもどうぞ、夫をよろしくお願いいたします」

そうして侑依は、もう一度丁寧に頭を下げる。

顔を上げると、亜由子が表情を強張《こわば》らせてこちらを見ていた。

「呆れた……あなた、西塔さんに何をしたか忘れたの？」

「いいえ。私は、自分の犯した間違いを決して忘れません。彼の傍で、一生かけて償《つぐな》っていくつもりです」

自分を睨《にら》みつける亜由子から目を逸《そ》らさず、侑依はきっぱりと言った。

彼女の苛立ちはもっともだと思う。

けれど……散々悩んで、後悔して、それでも変わらず自分の中にあった思いは、もう二度と揺らいだりしない。

「少し残念です……西塔さんって、意外と生産性のないことをされるんですね。一度離婚した人と、また結婚するなんて」

眉を寄せて侑依を睨《にら》みながら、冬季に向けて言った言葉。

それを聞いて、本当にこの人は冬季が好きなのだと思った。

でも、侑依だって亜由子に負けないくらい冬季が好きだ。

心から彼を愛しているし、愛されている自信がある。

「生産性があるかないかは関係ありません。――ただ、彼を愛しているだけです」

「……そうですか。有能なあなたにしては、ずいぶんと外聞が悪そうですけど」

すると、今まで黙っていた冬季が静かに口を開いた。

「たとえ外聞が悪くても、僕には彼女しかいないので」

そうハッキリ断言し、冬季が侑依を見つめてくる。

その言葉だけで充分だ――

侑依の胸が、幸せな気持ちでいっぱいになる。

「宮野さん、差し入れをありがとうございました。これからもどうぞ、比嘉法律事務所をよろしくお願いいたします」

硬い表情の亜由子に、冬季が軽く頭を下げ侑依の手を取った。

「急ごう、侑依。スピーチが始まる前に所長たちへ挨拶《あいさつ》をしないと。お酒が入ると、裕典さんはすぐに酔っぱらうから」

そうして彼は、スッと亜由子の横を通り、振り返らずに歩を進める。

冬季を見上げると、もう何事もなかったような顔をしていた。

しかし美雪を前にした途端、不機嫌な顔になる。

「やってくれましたね、美雪さん」

「あら？　なんのことかしら？」

首を傾《かし》げた彼女は、まったくわからないという顔で微笑む。

そのやりとりを見て、侑依はどこかホッとして、肩の力を抜いた。

「ああいう子は、きちんとけじめをつけないといつまでも執着し続けるでしょう？　復縁したんだし、これ以上執着するようなら、対処が必要だと思ってね」

口元に笑みを浮かべながらも、美雪の目はやり手の弁護士のものだ。

「……今日は、どうしてもと言うから出席させたけど、こちらからも、ちゃんと釘を刺しておいたから大丈夫よ」

「釘ですか？」

冬季が問うと、美雪は綺麗にリップの塗られた唇に弧を描いた。

「もし今日、西塔があなたの気持ちを受け入れなかったら、もうこれ以上の干渉はしないで欲しい――そう言っておいたの。そのことで、事務所の法務関係を別のところに頼むなら、それでもいいって」

その内容に、侑依は息を呑んだ。あまり表情には出ていないが、冬季も驚いているのが伝わってくる。

「まぁ、彼女の事務所は、ウチにとって大口のクライアントだから、失うのは惜しいけど……彼女、ちょっとあなたに執着しすぎていたからね」

ため息をついた美雪が、軽く肩を竦《すく》めた。

「美雪さん……」

「クライアントがなくなるより、優秀な弁護士がいなくなる方が、こちらとしては痛手なわけ。何しろウチは、小さな個人事務所だからね。あなたみたいな優秀な弁護士を新たに探して雇う余力なんてないの」

美雪は冬季の肩をポン、と叩く。

そして、冬季と侑依に笑みを向けた。

「よかったわね。好きな人とまた結婚できて。おめでとう。もう、どんなことがあっても絶対に諦めたりしないで、二人でちゃんと乗り越えなきゃだめよ？」

冬季や侑依のことを思ってかけられた言葉が、ジンと心に響く。

「夫婦って、いろんなことがあるの。相手の考えなんてわからないし、自分のことだってわかってもらえない。もとは他人なんだから、当たり前よね。でも、そういうことを繰り返して、喧嘩したり笑い合ったりしていくうちに、あの時はこうだったねって、懐《なつ》かしく話せるようになるのよ」

美雪は、何かを思い出すみたいに優しく微笑んだ。

「あなたたちもきっと、あの時は若気の至りで、一度離婚したよね、って笑って話せる日がくるわ。だから、そうなるまで、しっかり夫婦を続けていきなさい。お互い、大切に思い合っているのなら、なおさらね」

ふふ、と笑った美雪はふと腕時計を見た。

「あら、そろそろパーティーが始まる時間ね。っていうかウチの人、どこに行ったのかしら。聞いてくれる、あの人事務所の代表のくせに、私にスピーチしろって言うのよ？まったくもう信じられない」

あーあ、とため息をつきながら、美雪がポケットから小さな紙を出す。

「おかげでカンペが必要になったわ」

小さな紙をヒラヒラさせて、もう一度ため息をついた美雪は、「じゃあ、また後でね」と言って、侑依たちに背を向ける。

その後ろ姿に侑依は小さく頭を下げた。

冬季もまた同じ気持ちだったようで、頭を下げる。

「私たち、幸せにならなきゃね」

「そうだな」

すぐに相槌《あいづち》を打った彼が、侑依の髪の毛にそっと触れてくる。

「髪の毛、伸びたな」

「……今って、そういう話をするタイミング？」

侑依がちょっとだけ眉を寄せると、彼は侑依の髪を軽く払ってうなじを露《あら》わにする。

「いや、この長さだったら、ウエディングドレスに合わせて結い上げたら、華やかだろうな、と思って」

「……え？」

――いきなり何を言っているの？

侑依は戸惑った視線を冬季に向けた。

彼は侑依と向き合い、真面目な顔で口を開く。

「二人だけでも、結婚式をしないか。ただチャペルで誓い合うだけの簡単な式でいいんだ。それで、一緒に写真を撮ろう。前に夫婦としてできなかったことを、今度はきちんとしていきたい」

言われた言葉が、すぐには頭に入ってこなかった。

けれど少しずつ、理解が追いついてくると、息苦しくなるほど心臓が高鳴ってくる。

「辛い時、苦しい時に傍にいて欲しい人は、やっぱり君しかいない」

聞き覚えのあるフレーズに、侑依は目を見開いた。

――これは、最初に彼にプロポーズされた時の言葉だ。

まさか、それをもう一度言われるなんて思わなかった。

冬季は微かに微笑み、侑依の頬を大きな手で包んだ。

「これから先の人生、どんなにすれ違いがあっても、互いの気持ちがわからない時があっても、僕は君と一緒に乗り越えていきたい。侑依――君と笑って生きていきたい」

こんなことを言われたら、もう、侑依は何も言えなくなってしまう。

「一緒に生きていこう。その誓いとして、僕は君と式を挙げたい。……いいか、侑依？」

「…………はい」

ただ、それしか言えず、侑依は苦しい息を吐いた。

あまりにも嬉しくて。

そして、胸がいっぱいになるほど感動して、目頭が熱くなる。

そうしているうちに美雪のスピーチが始まり、二人とも一度はそちらに目を向けたけれど……

すぐに互いへ視線を戻し、見つめ合う。

「どうしよう、凄く嬉しい」

声を抑えながら、侑依は冬季に気持ちを伝える。

「そうか、よかった。これから、最短で式が挙げられる場所を探さないと。あと、君の着るドレスも一緒に選びたい」

一緒に、という言葉が嬉しい。

なのに、ここにきて、やっぱり意地っ張りな侑依が顔を出す。

「レンタルに値が張るドレスはダメ。それに、費用のことはちゃんと私にも相談してね？じゃなかったら、結婚式なんてしないから」

「またそれか……まぁ、いい。費用のことはきちんと相談するよ。でもドレスは、一度しか着ないものだし、こだわりたい。そこは譲らないからな、侑依」

こちらに譲歩する姿勢を見せながらも、押し切る気満々の冬季に、侑依は、もう、と思って彼の肩を軽く叩いた。

その時、美雪がスピーチの途中で、小さく咳払いをしたので、慌ててそちらを向く。

明らかにこちらを見ていた彼女は、満足した様子で微笑み、スピーチを続ける。

ただ、やっぱり意識は、どうしたって最愛の彼の方を向いてしまうわけで……

冬季もまた、同じように俯依を見ていた。

お互いの視線が絡《から》み、自然と微笑み合う。

また美雪が咳払いをしたけれど、もう二人の耳には入らない。

ただ、お互いの瞳に大切な人だけを映し、奇跡のような幸せを噛みしめるのだった。

＊＊＊

結婚式の話を承諾したと思ったら、冬季の行動は早かった。

以前担当したクライアントの中に、結婚式場の経営をしている人がいたらしい。

彼は迅速に、チャペルのみで結婚式を挙げたい旨を相談し、あっという間に話を付けてしまったのだ。

さらには、チャペルの場所や開始時刻など、どんどん相手と詰めていってしまう。

気付けば、あのパーティーから一ヶ月後に、結婚式を挙げることになっていた。

そうなると、問題は両親のこと……

侑依の両親はともかく、冬季の両親を呼ぶのは、今は難しいだろう。侑依はまだ、完全に復縁を許してもらったわけではないのだから。

どうするか二人で話し合った結果、どちらの両親も呼ばず、二人だけでという結論に行きつく。

片方の親だけ呼ぶのは、後々問題になりかねない——という現役弁護士様の意見に従うことにしたのだ。

両親には申し訳ないが、結婚式の写真だけ撮るようにした、と伝えることで落ち着いた。時間をかけて冬季の両親に復縁について理解を得つつ、いつか侑依の両親にもきちんと二人の幸せな姿を見てもらおうと決めた。

けれど、計画を進めるにあたり、いくら式だけとはいえ、完全に周囲に秘密にすることはできないとわかる。

そこで、せめて身近にいる、いろいろとお世話になった人くらいは、式に呼んではどうかという話になったのだ。

「こっちは比嘉夫妻だな。なんだかんだ言って、美雪さんにはいろいろと心配をかけたし、裕典さんもヤキモキさせてたからな。何も言われなかったけど、視線が痛かった」

冬季はため息をつきながら、申し訳なかったな、と言って頭を掻いた。

「そうね……私は、優大と明菜かな……相談にも乗ってもらってたし、いろいろ心配をかけて、面倒を見てもらったから……」

お互いに迷惑をかけた人たちは、優しい人ばかりだった。

自分たちは本当に周りの人間に恵まれていると思う。

「じゃあお礼も兼ねて、その日、ささやかだが昼食会を設《もう》けたらどうだろう。式場内のレストランを予約できるか聞いてみる。できなかったら近くの店までバスを出してもらえるか相談しよう」

「それいい考えだね！　そうしよう、冬季さん」

幸運にも式場内のレストランが一室開いていた。

運がよかったと話し合う反面、当日の料理の相談や招待状の用意など、当初思っていたよりは、大きな式になってしまった。

招待した人が、皆出席できるということもあり、ドレス選びにもちょっと熱が入った。

冬季と選んだのは、優しいオフホワイトのエンパイアドレス。

胸元で切り替えるシンプルな形だが、繊細《せんさい》な刺繍《ししゅう》と、スカート部分に重ねられた柔らかなオーガンジーが、上品さと華やかさをドレスに添えていた。

そこに、冬季に買ってもらったダイヤのピアスと、優しいレースの縁飾りのついたベールを合わせる予定だ。

式のエスコート役を、冬季の上司である裕典がしてくれることになり、侑依にとってはとてもありがたかった。

——そうして迎えた結婚式当日。

チャペルに向かう扉の前で、侑依は緊張する裕典と腕を組む。

優しいオルガンの音色が流れる中、ゆっくりと目の前の扉が開く。

その途端、招待した人たちから拍手が湧き上がる。

自分たちに向けられる、大切な人たちからの笑顔と温かな拍手が嬉しかった。

花嫁のベールは、美雪が下ろしてくれる。

バージンロードの先には、タキシード姿の冬季が立っていた。

一歩、また一歩と足を進めながら、今までのことを思い返す。

でも、胸の中には、周囲への感謝と彼への愛しさしか浮かんでこなかった。

一度は間違い、道を違《たが》えてしまった二人。

けれど今、侑依の歩く先には冬季がいる。

――誰よりも愛しい、唯一の人が、自分だけを見つめてくれている。
その幸せを噛みしめながら、侑依は満面の笑みを浮かべた。
そして彼のもとへ、一緒に生きて行くための歩を進めるのだった。

大人のための恋愛小説～ EB エタニティ文庫

Hina & Ichiya

至極のドラマチック・ラブ！

赤

完全版リップスティック

井上美珠　装丁イラスト：一夜人見

幼馴染への恋が散った日。彼への思いを残すため、車のドアミラーにキスマークを残した比奈。その姿を、ちょっと苦手な幼馴染の兄・壱哉に目撃されてしまい⁉　大人な彼に甘く切なく翻弄されながら、比奈が選ぶただ一つの恋とは——。書き下ろし番外編を収録した、完全保存版！

定価：1320円（10%税込）

Mario & Chitose

恋の病はどんな名医も治せない？

赤

君のために僕がいる１～３

井上美珠　装丁イラスト：おわる

独り酒が趣味の女医の万里緒。叔母の勧めでお見合いをするはめになり、居酒屋でその憂さを晴らしていた。すると同じ病院に赴任してきたイケメンに声をかけられる。数日後、お見合いで再会した彼から、猛烈に求婚され⁉　オヤジ系ヒロインに訪れた極上の結婚ストーリー！

定価：704円（10%税込）

※エタニティブックスは大人の女性のための恋愛小説レーベルです。ロゴマークの色で性描写の有無を判断することができます（赤・一定以上の性描写あり、ロゼ・性描写あり、白・性描写なし）。

詳しくは公式サイトにてご確認下さい

https://eternity.alphapolis.co.jp

携帯サイトはこちらから！

本書は、2019 年３月当社より単行本として刊行されたものを文庫化したものです。


この作品に対する皆様のご意見・ご感想をお待ちしております。

おハガキ・お手紙は以下の宛先にお送りください。

【宛先】

〒 150-6008 東京都渋谷区恵比寿 4-20-3 恵比寿ｶﾞｰﾃﾞﾝﾌﾟﾚｲｽﾀﾜｰ 8F
(株) アルファポリス　書籍感想係

メールフォームでのご意見・ご感想は右のＱＲコードから、
あるいは以下のワードで検索をかけてください。

アルファポリス　書籍の感想　検索

ご感想はこちらから

エタニティ文庫

君《きみ》に永遠《えいえん》の愛《あい》を２

井上《いのうえ》美珠《みじゅ》

2023年5月15日初版発行

文庫編集ー熊澤菜々子
編集長 ー倉持真理
発行者 ー梶本雄介
発行所 ー株式会社アルファポリス
〒150-6008 東京都渋谷区恵比寿4-20-3 恵比寿ｶﾞｰﾃﾞﾝﾌﾟﾚｲｽﾀﾜｰ8F
TEL 03-6277-1601（営業）　03-6277-1602（編集）
URL https://www.alphapolis.co.jp/
発売元ー株式会社星雲社（共同出版社・流通責任出版社）
〒112-0005 東京都文京区水道1-3-30
TEL 03-3868-3275
装丁イラストー小路龍流
装丁デザインーansyyqdesign
印刷ー中央精版印刷株式会社

価格はカバーに表示されてあります。

落丁乱丁の場合はアルファポリスまでご連絡ください。

送料は小社負担でお取り替えします。


ISBN978-4-434-32014-9 C0193